Diese Kurzgeschichten basieren auf wahren Begeben-
heiten — außer die Passagen, die frei erfunden sind.
Ähnlichkeiten mit lebenden oder bereits verstorbenen
Personen sind rein zufällig — oder auch nicht.

Danksagung

Bedanken möchte ich mich beim Leben, das mich durch die vielen kleinen alltäglichen Dinge immer wieder zu neuen Geschichten inspiriert.

Über die Autorin

Die Autorin, die unter dem Pseudonym Verena Soluna schreibt, wurde 1982 in Würzburg geboren. Nach dem Studium der Romanistik an der Universität Bayreuth sowie der Universidad de Valladolid kehrte sie nach Würzburg zurück, wo sie heute lebt und arbeitet. Die vorliegende Kurzgeschichtensammlung ist ihre erste Veröffentlichung.

Verena Soluna

Da, wo die Busse schlafen

Witzig-skurrile Geschichten aus dem Leben

Bibliografische Information der Deutschen Nationalbibliothek: Die Deutsche Nationalbibliothek verzeichnet diese Publikation in der Deutschen Nationalbi-
bliografie; detaillierte bibliografische Daten sind im
Internet über dnb.dnb.de abrufbar.

Covergestaltung: Christine & Julika Neuerburg

Satz und Layout: Fernando Juárez Sánchez

Herstellung und Verlag:
BoD – Books on Demand, Norderstedt

ISBN: 9783842371910

Für dich, Christian, der du immer für mich da warst und an mich geglaubt hast.

Inhalt

Heuschreckeninvasion

Es ist Samstag Früh und ich sitze bei meinen Eltern zu Hause am PC und bearbeite E-Mails. Das Wetter ist schön, bereits jetzt ist die Luft lau und warm und so habe ich die Balkontüre weit offen stehen. Als ich gerade bei der Hälfte der E-Mails angelangt bin, höre ich plötzlich neben mir ein seltsames Geräusch. Ich schaue mich um, kann jedoch nichts Verdächtiges entdecken. Also arbeite ich weiter. Da sehe ich aus den Augenwinkeln, wie sich rechts von mir etwas bewegt. Langsam drehe ich den Kopf und schreie ob des Anblicks laut auf, denn ich finde mich Auge in Auge mit einer riesigen grünen Heuschrecke wieder. Einen kurzen Moment lang starre ich sie an, sie starrt zurück. Dann jedoch erwache ich aus meiner Totenstarre, springe panisch auf und renne Richtung Tür. Doch irgendetwas hält mich zurück. Ich schlage wild um mich und merke erst jetzt, dass ich mein Headset noch aufhabe. Ich reiße es mir vom Kopf und lasse es samt Kabel einfach zu Boden fallen, denn jede Sekunde zählt. Erleichtert schlage ich die Tür hinter mir zu. Puh, geschafft! Leider habe ich in der Eile mein Handy drinnen liegen lassen und ich muss dringend noch jemanden anrufen. Mist. Was tun? Da fällt mein Blick durch die verglaste Tür auf den Papierkorb. Wenn ich es schaffe, den Papierkorb über die Heuschrecke zu stülpen, könnte ich mein daneben liegendes Handy retten. Das könnte funktionieren, die Frage ist nur, ob ich mich das traue. So eine Heuschrecke ist schließlich höchst gefährlich, da völlig unberechenbar. Aber mir bleibt keine andere Wahl. Vorsichtig, Zentimeter für Zentimeter, öffne ich die Türe und lasse die Heuschrecke dabei nicht aus den Augen. Doch sie sitzt noch immer am gleichen Fleck und rührt sich nicht. Schließlich bin ich drin und greife vorsichtig nach dem am Boden stehenden Papierkorb, während ich meinen Blick stets auf die Heuschrecke gerichtet halte. Oh Gott, soll ich es wirklich wagen? Alternativen gibt es jedoch keine, da ich mich weder traue noch den Willen habe sie zu töten, ganz abgesehen davon, sie in die Hand zu nehmen und einfach rauszusetzen. Also fasse ich all meinen Mut zusammen und nähere mich, den Papierkorb in der Hand, dem grünen Insekt. Bei jeder noch so kleinen Bewegung seiner langen Fühler oder Beine zucke ich zusammen und ziehe mich wieder ein Stück zurück. Schließlich habe ich mich ihm jedoch so weit genähert, dass ich nur noch den Arm auszustrecken brauche, um es zu erreichen. Mein Herz klopft wild und ich merke, wie mir der Schweiß aus den Poren tritt, doch todesmutig stülpe ich ihm schließlich mit letzter Kraft und zitternder Hand den Papierkorb über. Als ich schon triumphierend aufschreien will, sehe ich, dass der Rand des Papierkorbs nicht gleichmäßig auf dem Tisch aufliegt und so für die Heuschrecke die Möglichkeit zur Flucht besteht. Einen kurzen Moment zögere ich, doch dann greife ich instinktiv nach ein paar herumliegenden Zeitschriften und stopfe damit die Ausgänge zu. Zur Sicherheit lege ich anschließend noch ein schweres Lexikon obendrauf, damit auch ja alles dicht ist. Erst dann lasse ich mich ermattet in den Schreibtischstuhl fallen, nur um gleich darauf wieder aufzuspringen, denn wo ist mein Handy? Scheiße...

Was mit Computern

„WAS macht eigentlich dein Freund?" „Ach, der macht
was mit Computern." „Was denn?" „Ähm, ja, also nix mit
Hardware, der programmiert so Programme..., glaub' ich."
„Aha." Da ich mit einer Frau spreche, noch dazu einer Geisteswissenschaftlerin wie auch ich es bin, ist die Frage damit hinreichend beantwortet. Ein bisschen peinlich ist es
mir ja schon, nicht mal genau zu wissen, was der eigene
Freund macht, aber ich kann es mir einfach nicht merken. Und Informatiker sagt ja auch irgendwie nichts aus,
außer, dass es um Informatik geht, und d.h. für mich, um
Computer. Und dass er Informatik studiert hat, weiß ich ja.
Als ich am Abend mit ihm telefoniere, frage ich ihn deshalb in einem günstigen Moment: „Was machst du noch
mal genau?" „Ich bin Softwareentwickler." „Du machst also
Homepages?" „Nein", sagt er in angewidertem Ton, „d.h.
ja, wenn es sein muss, aber eigentlich entwickle ich Programme." „Ach so, du bist also Programmierer." Leicht gekränkt antwortet er mir: „Programmierer beschränken sich
auf die Implementierung der Software ohne eigene direkte
Mitarbeit beim technischen Design sowie bei der Erarbeitung der Softwarearchitektur." „Jaaaa," sage ich gedehnt,
„und du machst also was anderes?" Er erläutert mir mit
aller Geduld, zu derer er fähig ist (schließlich ist das nicht
das erste Mal, dass ich ihn frage): „Die Hauptaufgabe eines
Softwareentwicklers ist das technische Design und die Implementierung der an die Software gestellten Anforderungen, gepaart mit dem Modultest, auch Unit-Test genannt,

der dafür implementierten Komponenten. Dazu benötigt der Softwareentwickler Kenntnisse über den gesamten Softwareentwicklungsprozess und muss Software-Prinzipien sowie die Methoden der Softwaretechnik beherrschen."

„Und das kannst du alles?", frage ich ihn beeindruckt. „Ja", erwidert er und fügt hinzu: „Außerdem werden Softwareentwickler aber auch noch für andere Aufgaben eingesetzt. Dazu gehören Analysetätigkeiten, also die Erarbeitung der Anforderungen an die Software, die Definition und Sicherstellung der Softwarearchitektur oder auch Testtätigkeiten wie beispielsweise die Erarbeitung und Durchführung von Testplänen. Zudem Projektmanagementtätigkeiten wie die Planung der Umsetzung." „Aaah ja", sage ich. So genau wollte ich es gar nicht wissen, das kann ich mir doch wieder nicht merken. Aber jetzt gibt es kein Zurück mehr, mein Freund ist jetzt richtig in Fahrt gekommen, wie immer, wenn es um Computer geht. Er erklärt mir: „Der Begriff Softwareentwickler wird oft synonym mit Softwareingenieur verwendet, auf Englisch sagt man *software engineer.*" „Na, das klingt natürlich gleich viel besser als Programmierer", meine ich, während ich mir die Fingernägel feile. Ein Teil meines Gehirns hat inzwischen bereits abgeschaltet. „Ganz genau", erwidert er zufrieden und fügt noch hinzu: „Die Bezeichnung Programmierer betont die Tätigkeit des eigentlichen Programmierens, im Gegensatz zu Aspekten der Softwarearchitektur, die bei der Softwareentwicklung eine größere Rolle spielen." „Aber du hast doch Informatik studiert, nicht Softwareentwicklung", frage ich etwas verwirrt. „Was macht denn dann ein Informatiker?" „Informatiker beschäftigen sich sowohl mit der Hardware- als auch mit der Softwareentwicklung. Der Begriff Informatiker wird jedoch primär für Softwareentwickler mit einer expliziten Ausbildung in diesem Fach verwendet", erläutert er mir.

„Okay", fasse ich zusammen, während ich versuche, meine Nägel gleichmäßig mit Nagellack zu bestreichen, „dann bist du also ein Informatiker, aber kein Programmierer und auch kein Hardware- sondern ein Softwareentwickler. Sind das denn überhaupt geschützte Berufe?", will ich wissen. „Softwareentwickler ist mehr eine Bezeichnung zur Stellenbeschreibung für Menschen, die – egal mit welcher Ausbildung – im Bereich der Softwaretechnik, also am Design und der Implementierung der Software, arbeiten. Der Ausdruck wird wie gesagt oft synonym mit Softwareingenieur verwendet. Beide Begriffe sind in Deutschland und Österreich keine geschützten Berufsbezeichnungen. Nach deutschem Recht darf die Berufsbezeichnung *Softwareingenieur* aber nur führen, wer ein technisches Studium mit Erfolg abgeschlossen hat." Woher weiß er das nur alles? Klingt wie ein Artikel aus einem Lexikon. Aber er konnte sich schon immer so gepflegt ausdrücken, für einen Naturwissenschaftler gar nicht schlecht. Und warum einfach, wenn es auch kompliziert geht? So ergänzt er auch sogleich: „Daneben gibt es auch viele Quereinsteiger, die diese Tätigkeit autodidaktisch erlernt oder diese Fähigkeiten durch verschiedene Schulungen erworbenen haben." „Du ja auch", bemerke ich, „schließlich hast du das Studium nicht abgeschlossen und arbeitest trotzdem." „Ja, das ist richtig", stimmt er mir zu. Bevor ich das Thema wechseln kann, geht die Belehrung weiter: „Erwähnenswert ist historisch gesehen, dass der Softwareentwickler von heute nicht mehr auf die gleiche

Weise arbeitet wie vor 30 Jahren. Früher mussten Programme oft noch direkt in Maschinencode geschrieben werden. Heutzutage wird diese Aufgabe allerdings im Wesentlichen von einem Compiler übernommen." Was zum Teufel war noch mal ein Compiler, das hatte er mir bestimmt schon einmal erklärt. Mist. „Was ist denn ein Compiler?", frage ich ganz unschuldig. Hätte ich besser nicht gefragt, denn die Antwort fällt wie gewohnt sehr wortreich aus und ich fühle mich – leicht untertrieben – leicht überfordert. „Ein Compiler, auch *Übersetzer*, aus dem Englischen für *zusammentragen* bzw. vom lateinischen Wort *compilare – aufhäufen –*, ist ein Computerprogramm, das andere Programme aus einer Quellsprache zu ihrem semantischen Äquivalent in einer Zielsprache umwandelt. Insbesondere übersetzen Compiler Programmcode aus menschenverständlichen Programmiersprachen, also Quellcode, in maschinell ausführbare Maschinensprachen, also Maschinencode. Das Übersetzen wird auch als Kompilieren bezeichnet." Oh mein Gott, womit habe ich das verdient, ich wollte doch eigentlich nur wissen, was mein Freund beruflich macht. Doch schon geht es weiter, indem er noch hinzufügt: „Compiler sollen die im Quelltext enthaltenen Informationen zusammentragen, um selbständig möglichst effizienten Programmcode zu erzeugen." Glaubt der wirklich, das kann ich mir alles merken? „Compiler-Programme sind quell- und zielsprachenspezifisch und können daher meist nur von *einer* Quellsprache in *eine* Zielsprache übersetzen, d.h...." An dieser Stelle unterbreche ich ihn, nachdem auch die dritte Schicht Nagellack getrocknet ist. „Du, ich muss leider los. Wir telefonieren morgen wieder." Sichtlich enttäuscht meint er: „Na gut, ich sehe eh gerade, dass Daniel online ist, dann kann ich ihn gleich fragen, ob er den letzten Build endlich deployed hat." „Ja genau", sage ich erleichtert, „mach das." Als ich mich wenig später mit einer anderen Freundin treffe, einer Geisteswissenschaftlerin natürlich, antworte ich auf die Frage, was mein Freund eigentlich mache, mit dem Satz: „Ach, der macht was mit Computern…"

Mr. Know-how

MEIN Freund ist allwissend. Und nicht nur das, er ist auch allfähig, womit ich nicht sagen will, dass er zu allem fähig ist, sondern dass er alle möglichen Fähigkeiten hat. Das klingt zunächst mal ganz gut, kann aber auch sehr anstrengend sein. Was er alles kann und weiß? Fragen Sie mich lieber, was nicht. Gut, dass er als Informatiker, pardon, Softwareentwickler, viel von Computern versteht, leuchtet mir ja noch ein. Wobei es auch hier erstaunlich ist, wie viel er selbst über Dinge weiß, mit denen er nur am Rande zu tun hat, wie z.B. das Design von Leiterplatten. Wobei ich das natürlich aufgrund mangelnden Fachwissens meinerseits nicht verifizieren kann. Überhaupt, wenn ich so darüber nachdenke, glaube ich ihm wahrscheinlich viel zu viel, denn er trägt die Sachverhalte stets in so sachlichem und überzeugendem Ton und mit entsprechender Mimik und Gestik vor, dass man gar nicht auf die Idee kommt, diese in Frage zu stellen. Gefährlich. Letztens z.B. hat er behauptet, man könne Zucchini auch roh essen, was ich sogleich am nächsten Tag ausprobierte. Ich dachte nämlich immer, das wäre giftig. Geschmeckt hat es ja ganz gut, nur hatte ich danach drei Tage lang seltsame Bauchschmerzen. Vielleicht hätte ich mich vorher noch eingehender erkundigen sollen, was die Verträglichkeit von rohen Zucchini angeht. Auch habe ich von ihm gelernt, dass Wespen zum Zwecke ihres Nestbaus Holz essen, welches sie dann nach dessen Verdauung und Ausscheidung als Baumaterial verwenden. Ich hatte mich nämlich gewundert, warum die immer bei uns an den Holzbalken nagen. Mit einer Antwort hatte ich ja gar nicht gerechnet und war umso überraschter, dass er eine auf Lager hatte. Möglicherweise sollte ich das jedoch noch mal überprüfen, bevor ich diese Information an die Menschheit weitergebe.

Ganz schlimm wird es, wenn es um Geschichte oder Politik geht. Was der alles weiß! Ob es um Europa oder die restliche Welt geht, ob Finanz-, Außen- oder Innenpolitik, er kann immer mitreden. Selbst was das Privatleben der entsprechenden Personen betrifft. Wussten Sie z.B. dass Saddam Hussein nur von seiner Mutter aufgezogen wurde, wie viele andere spätere Diktatoren, darunter Adolf Hitler, auch? Oder dass George W. Bush einmal fast an einer Brezel erstickt wäre? Ich auch nicht. Und ganz ehrlich, muss man so etwas wissen? Ich denke nicht, außer vielleicht man bewegt sich selbst in diesen Kreisen. Aber er weiß ja noch viel mehr, beispielsweise unter welchen Bedingungen Cannabis-Pflanzen am besten gedeihen (verdächtig), wie Kernspaltung funktioniert, dass Pumuckl ein Kobold ist und kein Klabauter wie seine Vorfahren, dass es auf Spitzbergen eine 120 m tief in einem Permafrost-Felsmassiv gelegene Pflanzensamenbank gibt, in der künftig bis zu 4,5 Millionen Pflanzensamenproben aller weltweiten Nutzpflanzen lagern sollen, um die wichtigsten Nutzpflanzenarten der Erde zu bewahren und sie vor genetischer Verunreinigung, Naturkatastrophen oder Atomkriegen zu schützen, dass die Bezeichnung *Made in Germany* ursprünglich eine britische Kennzeichnung zum Schutz vor billiger Importware war, die sich im Laufe der Zeit aufgrund der besseren Qualität oder des besseren Preis-Leistungs-Verhältnisses der deutschen

Waren zu einem Gütesiegel entwickelte, oder dass die Firmengeschichte von Nokia bis ins Jahr 1865 zurückreicht, als der finnische Bergwerksingenieur Fredrik Idestam im Süden Finnlands eine Zellstofffabrik zur Herstellung von Papier gründete, und dass, bevor das Unternehmen in den neunziger Jahren des 20. Jahrhunderts zu einer dynamischen Telekommunikationsfirma wurde, dort u.a. Gummistiefel produziert wurden. Ebenso ist ihm bekannt, dass die Nazis damals versucht haben, Augen zu bleichen damit sie heller werden und eher dem Ideal des Ariers entsprechen oder dass in den USA Gewaltverbrecher zum Teil in Zellen untergebracht werden, die in einem besonderen Rosaton gestrichen sind, welcher beruhigend wirken soll. Auf die Frage, woher er all das weiß, antwortet er lapidar: „Ich vergesse halt nichts." Beneidenswert. Besonders bitter ist für mich als Geisteswissenschaftlerin, dass er selbst von Literatur viel zu viel versteht, da das eigentlich mein Spezialgebiet sein sollte und ich nun selbst dort in Konkurrenz zu ihm treten muss. Nur einmal habe ich ihn bei einer unserer zahlreichen Wetten geschlagen (ich sollte mich wirklich auf keine mehr einlassen, aber ich lerne einfach nicht dazu und mein Kampf- und Wettbewerbsgeist ist nun mal genauso stark ausgeprägt wie seiner, nur dass ich mich meist auf meinen Instinkt verlasse und nicht so wie er auf Faktenwissen, was in diesem Fall jedoch ratsam wäre und die Chancen auf einen Sieg erheblich erhöhen würde), als er mir nicht glaubte, dass die Pluralform von Partikel *Partikeln* ist, zumindest in der Sprachwissenschaft. Ansonsten verliere ich regelmäßig, was jedoch meinem Wettwillen keinen Abbruch tut und mich, ganz im Gegenteil, sogar dazu anstachelt, ihm in irgendetwas überlegen zu sein.

So habe ich denn auch vor Kurzem mit einigen Freunden überlegt, was ich denn möglicherweise besser könne als er. Auf die Frage folgte zunächst betretenes Schweigen. Dann sagte eine Freundin: „Du kannst dich besser schminken." In mir wollte schon leise Freude aufkommen, als ein Freund von ihm anmerkte, dass das ja nicht bewiesen sei, er es wahrscheinlich nur noch nie versucht habe. Nach einigen Minuten weiteren intensiven Nachdenkens schlug eine andere Freundin vor: „Du kannst doch bestimmt besser Geschenke einpacken als er." „Selbst wenn", erwiderte ich geknickt, „was ist denn das für eine erbärmliche Fähigkeit? Außerdem sind seine Geschenkverpackungen eigentlich ganz gelungen, könnte jetzt nicht sagen, dass sie schlechter wären als meine." Also wieder nichts. Der nächste Vorschlag kam von Steffi, die im Brustton der Überzeugung meinte: „Aber singen kannst du besser, wir haben dich schließlich letztens gehört, das klang echt toll!" Niedergeschlagen antwortete ich ihr: „Da muss ich dich enttäuschen, singen kann er nämlich auch noch." „Und kochen?" fragte sie hoffnungsvoll. Gequält verzog ich mein Gesicht und sagte: „Abgesehen davon, dass ich kochen hasse, kann ich es auch nicht besonders gut. Das reicht gerade einmal zum Überleben. Er hingegen liebt kochen und zaubert immer wieder fantastische Gerichte." Ich blickte in ratlose und nachdenkliche Gesichter. Es ist wirklich deprimierend, nicht mal in meinem Fachgebiet, den Sprachen, bin ich besser. Ich spreche zwar mehr Sprachen, sprachbegabt ist allerdings auch er. Wir einigten uns in Ermangelung von Alternativen trotzdem darauf, dass meine Sprachkenntnisse als den seinen überlegen gelten. Yippie. Da fiel mir in letzter Minute doch noch etwas ein, es ist zwar nichts, was ich besser kann, aber zumindest etwas, was er nicht so gut kann: einparken. Immerhin.

Aber es kommt ja noch viel schlimmer: Aufgrund seines fotografischen Gedächtnisses erinnert er sich auch an alles, man kann ihm wirklich nichts vormachen. Wie oft schon musste ich mir anhören: „Das habe ich dir doch schon mal erklärt", „Das hast du mich doch erst letzte Woche gefragt" oder „Weißt du wirklich nicht mehr, dass wir diesen Film schon gesehen haben?" So streiten wir denn auch seit ca. einem Jahr, ob ich eine gewisse Fernsehserie zum ersten Mal alleine oder zusammen mit ihm gesehen habe. Ich bin fest davon überzeugt, im Recht zu sein. Da kann er schon mal ärgerlich werden, wenn man an seiner Merkfähigkeit zweifelt. Schließlich stelle ich damit seine Glaubwürdigkeit in Frage und verletze hierdurch sein Ehrgefühl. Zur Aufrechterhaltung einer harmonischen Beziehung habe ich dies eingestellt. Ich muss mich wohl oder übel gutgläubig auf mein wandelndes Lexikon verlassen. Insgeheim aber habe ich es mir zur Aufgabe gemacht, täglich, mindestens jedoch einmal in der Woche, etwas zu finden, was er nicht kann oder weiß. Bis jetzt erfolglos.

Die Schnäppchenjäger

AUCH wenn meine Eltern nicht aus dem Schwabenland stammen, so sind sie doch Meister des Sparens. Manchmal treibt dieser Sparwahn die seltsamsten Blüten. Zum Beispiel wenn es ums Essen geht. Auswärts essen ist schon fast eine Sünde und wird nur an höchsten Feiertagen toleriert und zelebriert. Aber bitte nicht beim Italiener um die Ecke, da ist es viel zu teuer, und auch nicht beim Chinesen in der Stadt, die haben da dermaßen überzogene Preise! Hat man es dann tatsächlich einmal bis ins Restaurant geschafft, wobei der Hinweg gleich noch dazu genutzt wird, ein paar Briefe auszufahren, um sich das Porto zu sparen, kommt schon die erste Warnung: „Es reicht ja, wenn wir zu viert drei Essen nehmen, es bleibt ja sowieso immer was übrig." Stimmt sogar, denn wir essen alle ziemlich wenig. Welch ein Glück! Doch schon geht es weiter: „Du brauchst doch wohl keinen extra Salat, ein paar Blätter sind ja auch beim Hauptgericht dabei." Na gut. Als meine Schwester sich eine große Johannisbeersaftschorle bestellen will, kommt der nächste Einwand: „Reicht da nicht eine kleine?" Überhaupt muss ein Getränk definitiv reichen, ich habe es noch nie erlebt, dass wir mal etwas nachbestellt hätten. Aber man ist ja genügsam. Da an Vorspeise nicht einmal zu denken ist, versucht es meine Schwester nach dem Essen mit einer Nachspeise. Doch kaum hat sie ihren Wunsch vorgetragen, wird ihre Hoffnung auch schon zunichte gemacht, mit den Worten: „Was Süßes kannst du auch zu Hause essen, wir haben noch eine ganze Packung Eis im Kühlfach." Enttäuscht und mit noch leicht knurrendem Magen ziehen wir wenig später von dannen. Im Auto ist es etwas eng, da wir aus Benzinersparnisgründen mit dem kleinen Auto meiner Mutter gefahren sind. Die offizielle Begründung lautet, dass man damit leichter einen Parkplatz findet. Apropos Parkplatz: Als wir vor unserem Haus vorfahren, ist der Parkplatz direkt davor bereits belegt, was meine Eltern zu einer Schimpftirade veranlasst: „So eine Unverschämtheit, das ist *unser* Parkplatz, wozu haben wir denn Anliegergebühren bezahlt? Das muss wieder so ein Student von weiter unten sein. Und dann auch noch mit so einer Schrottkiste." Resigniert folgen wir den beiden ins Haus. Meine Schwester ist nur deshalb mit reingekommen, damit sie ein paar Lebensmittel klauen kann. Unauffällig verschwindet sie dann auch sogleich im Keller, um wenig später mit einem Stapel Klopapier, zwei Flaschen Orangensaft, ein paar Äpfeln und reichlich Schokoriegeln wieder aufzutauchen, die sie in ihrem kleinen Handtäschchen und einer mitgebrachten Mini-Tüte zu verstauen versucht. Bevor sie geht will sie noch von meiner Mutter wissen: „Kommst du mal wieder in die Stadt? Dann könntest du mir etwas mitbringen." Meine Mutter und die Stadt. Mindestens zwei bis dreimal in der Woche ist sie im Stadtzentrum anzutreffen, immer auf der Suche nach Schnäppchen. Selbst ein gebrochenes Schlüsselbein kann sie nicht davon abhalten. Zielgerichtet und in einem solchen Tempo, dass keiner hinterherkommt, rennt sie von einem Geschäft zum nächsten, wo Sparangebot nach Sparangebot gewissenhaft verglichen wird. Lager- und Ausverkäufe sind besonders beliebt, Sonderangebot das Zauberwort. Dabei schaut sie nicht rechts, nicht links, sondern konzentriert sich ganz auf ihre Mission und ihren am Tag zuvor schriftlich niedergelegten Schnäppchenroutenplan. Da kann man auch schon mal den einen oder anderen Bekannten, der einem entgegenkommt, übersehen. Erst letzte Woche kam sie nach einem den ganzen Vormittag dauernden Stadtbesuch glückselig nach Hause, ein schweres Paket unter dem Arm. Unaufgefordert berichtete sie uns mit vor Glück bebender Stimme: „Stellt euch vor, ich habe neue Töpfe gekauft!" Unser Blick schweifte kurz zum vor Töpfen und Pfannen überquellenden Küchenschrank, bevor wir ihren weiteren Ausführungen lauschten. „Zuerst war ich im Metallwarenfachgeschäft, und fast hätte ich da einen vormals sündteuren und jetzt auf 39,00 € reduzierten mittelgroßen Topf gekauft. Dann jedoch besann ich mich eines besseren bzw. fiel mir ein, dass ich ja noch einen Gutschein für den Kaufhof habe, der nur noch heute gültig ist. Also bin ich natürlich schnurstracks zum Kaufhof in die Haushaltswarenabteilung. Und da habe ich doch tatsächlich ein vierteiliges Topf-Set entdeckt, das von 219 € auf 99,00 € reduziert war. An sich ja schon ein Schnäppchen, doch ich hatte ja noch den 10%-Rabattgutschein. Das macht also 89,00 € für vier Töpfe statt 39,00 € für nur einen. Ist das nicht Wahnsinn?" „Absoluter Wahnsinn", stimmte ihr mein Vater zu, „jetzt hast du genau 50,00 € zu viel ausgegeben, gratuliere!" Auch ich kam bei der ganzen Rechnerei nicht ganz mit und wollte wissen: „Aber gebraucht hast du doch nur einen, oder nicht?" „Ja schon, aber bei dem Angebot konnte ich einfach nicht widerstehen. Und Töpfe kann man ja immer brauchen." „Wieso wolltest du überhaupt einen neuen Topf, hier ist doch alles voll mit

Töpfen?", warf mein Vater ein. „Aber nicht in dieser Größe. Außerdem wollte ich endlich einmal wieder einen Topf mit *zwei* Henkeln, du hast es schließlich bis jetzt nicht fertiggebracht, die abgebrochenen Henkel an meine seit Jahren einhenkeligen Töpfe wieder anzuschrauben", erklärte sie ihm mit vorwurfsvoller Stimme.

Aber zurück zu meiner Schwester. Nachdem meine Mutter also die Frage, ob sie mal wieder in die Stadt komme, bejaht hat, will meine Schwester noch wissen: „Gehst du morgen eigentlich auch auf den Flohmarkt?" Was für eine Frage, natürlich geht sie, meine Mutter liebt Flohmärkte. Ich übrigens auch, genauso wie meine Schwester. Muss in der Familie liegen. So bricht sie denn am nächsten Morgen bereits frühs um 6.45 Uhr mit zwei Handtaschen, einem Rollwägelchen, einem Haufen Plastiktüten in verschiedenen Größen und einem Lächeln im Gesicht auf. Die Ausstattung mag übertrieben anmuten, ist sie jedoch nicht, wie wir ca. sieben Stunden später bei ihrer Rückkehr feststellen. Freudestrahlend zeigt sie uns eins nach dem anderen ihre erworbenen Schätze und betont bei jedem Teil: „Das hat nur soundsoviel Euro gekostet, so billig bekommt man das sonst nirgends!" Das mag ja stimmen, doch braucht sie keines von diesen Dingen wirklich. Trockenblumen und Kränze hat sie wahrlich genug, die fast alle im Keller vor sich hinvegetieren. Auch Glasschüsseln und Sektgläser haben wir zur Genüge. „Aber die waren so günstig, da musste ich einfach zuschlagen", versichert sie uns und fügt hinzu: „Euch habe ich auch etwas mitgebracht." Sie überreicht meinem Vater eine Taschenlampe, der sie wenig glücklich in Empfang nimmt und sagt: „Ich habe bereits fünf Taschenlampen, das weißt du doch." „Ja, ich weiß, aber nicht so eine, die ist fünfstufig verstellbar und man kann sie außerdem auf intermittierendes Licht umschalten." Mein Vater seufzt ergeben. Danach drückt sie mir einen Pulli in die Hand, den ich weder brauche noch schön finde und der mir noch dazu viel zu groß ist. Sonst beschwert sie sich immer über meine übervollen Kleiderschränke. Ich probiere das Ding gerade widerwillig an, da ruft mein Vater plötzlich: „Schnell, der Dödel hat gerade seine Schrottkarre vor der Haustür weggefahren, du musst umparken!", woraufhin meine Mutter erwidert: „Mach du das doch, dann kannst du gleich den Hocker mit reinbringen, den ich gekauft habe." Während mein Vater sie ob der reich bestückten Möbelsammlung in unserem Haus entsetzt anschaut, erinnere ich mich an einen anderen Flohmarkt, auf den wir vor einigen Jahren zusammen mit meinem damaligen Freund gegangen sind. Dies endete damit, dass mein armer Freund einen von meiner Mutter – zu einem Schnäppchenpreis versteht sich – erworbenen schweren gepolsterten Holzstuhl quer über den ganzen Markt bis zum Auto tragen musste. Wo ist der eigentlich abgeblieben? Auch der mannshohe, golden umrahmte Spiegel, den meine Mutter bei einem Ausflug in ein kleines, malerisches Dorf in einem Antiquitätenladen erstanden hatte und den er den ganzen Tag umherschleppen musste, ist nirgends zu sehen. Als ich meine Mutter darauf anspreche, meint sie nur: „Der liegt oben auf dem Schrank, ich hatte einfach noch keine Zeit, einen passenden Platz für ihn zu suchen." Ist ja auch erst ein paar Jahre her, denke ich bei mir. Bei dieser Gelegenheit fallen mir auch die Kinogutscheine wieder ein, die wir meinen Eltern vor Jahren mal zu

Weihnachten geschenkt haben und die sie so lange aufgehoben haben, bis das Kino dichtgemacht hat. Das war noch eines von diesen kleinen gemütlichen gewesen, die mittlerweile alle von riesigen Kinokomplexen ersetzt wurden.

Ansonsten aber kann man meine Eltern mit Gutscheinen sehr glücklich machen, vor allem mit Essensgutscheinen. Das ist auch fast die einzige Möglichkeit, sie mal aus dem Haus zu locken. Mit einem passenden Gutschein fahren sie überall hin, kilometerweit, ob ins Möbelhaus zum Schnitzel-Essen, zur Küchengerätevorführung mit anschließendem kostenlosen Mittagessen oder zur Einweihung eines neuen Autohauses mit gratis Snacks. Sie nehmen auch regelmäßig jeden Winter an einem Glühweinfest teil, weil sie so zu einem kostenlosen Weihnachtsbaum kommen. Ja, meine Eltern kommen ganz schön rum. Selbst im Urlaub wird gespart und meist im heimischen Wohnmobil gekocht. Von ihrer letzten Reise habe ich folgende SMS bekommen: *Wir sitzen gemütlich am See und haben uns gerade für 6,50 €! eine halbe Ente einverleibt.* Scheint das Highlight des Urlaubs gewesen zu sein, denn mehr hörte ich nicht mehr von ihnen. Auch beim Strom wird kräftig gespart, indem mein Vater auf dem Dach des Wohnmobils, ganz wie bei seinem Eigenheim, eine Solaranlage zur Selbstversorgung installiert hat, ganz abgesehen davon, dass alle notwendigen Erledigungen mit dem Fahrrad getätigt werden müssen, egal wie weit es auch sei. Nach ihrer Rückkehr muss ich mir denn auch immer anhören, wie viel sie wobei und wann gespart haben.

Doch auch hier in der Heimat geht der Sparwahn weiter. Eine der wichtigsten Maßnahmen zum erfolgreichen Sparen ist der wiederholte Gebrauch bzw. die Wiederherstellung von bereits kaputtgegangenen Gerätschaften. So sind meine Eltern im Besitz einer mehrfach wieder zusammengeschraubten Gartenliege, eines trotz eindringlicher Warnung seitens des Herstellers selbst reparierten Föns, mehrerer abgebrochener und mit Tesafilm wieder zusammengeklebter Fliegenpatscher, eines sich gegen jede Reparaturmaßnahme weigernden Abfalleimers, eines aufgrund unfachmännischer Handhabung dauertropfenden Wasserhahns, eines nach wie vor verstopften Dunstabzugs (der neue ist schon bestellt, im Internet, da ist es nämlich billiger, und einbauen kann man den ja wohl selbst) sowie diverser anderer mehr oder weniger gut funktionierender Geräte und Maschinen. Die einhenkeligen Töpfe nicht zu vergessen. Letzte Woche hat mein Vater, nachdem er im dritten Anlauf endlich erfolgreich sein ferngesteuertes Motorrad zusammengelötet hat, unter Einsatz all seiner Kräfte mehrere Tage damit verbracht, die defekte Poolabdeckung wiederherzustellen. In einem ausgeklügelten Verfahren ist es ihm gelungen, das sich nassgesaugte Styroporinnere, welches drei Jahre lang im Heizungskeller zum Trocknen aufgestellt war, mit einer extra dafür gekauften und perfekt zugeschnittenen Teichfolie zu überspannen, die dann an den Rändern mit einem extra starken Superkleber zusammengeklebt wurde, um die Ecken anschließend mit um Holzblöckchen gespannte Schnüre am Aufplatzen zu hindern. Eine aufwendige Aktion, die der im Vergleich zu einem Neukauf deutlich niedrigere Preis jedoch eindeutig rechtfertigt. Die Arbeitszeit mal nicht mitgerechnet. Nur den bevorstehenden Abriss und Wiederaufbau des Balkons überlässt er nach reiflicher Überlegung dann doch einem Fachmann.

Auf der anderen Seite haben meine Eltern großen Spaß daran, Geld in hohen Summen für unnütze Dinge auszugeben. Unser Keller steht voll mit zum Teil ungenutzten oder zumindest sehr wenig benutzten Gegenständen, darunter mehrere Fitnessgeräte, ein Schrank voll Jacken, ein ganzer Haufen Rucksäcke, Taschen und Koffer, diverse energetisch wirksame Therapiegeräte, ein riesiger Berg Schuhe und eine Vielzahl anderer Krimskrams. Auch dabei ein nigelnagelneues iPad. Ja, Sie haben richtig gehört. Als mir mein Vater davon erzählte, war meine erste Reaktion: „Quatsch, du hast doch kein iPad, das würdest du dir doch niemals kaufen. Das wird wieder irgend so ein schrottiges Versandhandelsgerät sein, so ein No-Name-Produkt." Mein Vater ist nämlich im Besitz mehrerer schlecht bis gar nicht funktionierender MP3- bzw. MP4-Player und Navigationsgeräte, die er beim Überschreiten einer bestimmten Mindest-Bestellsumme von diversen Büroartikel-Anbietern gratis dazu bekommen hat. Nach mehrmaligem Nachfragen stellte sich heraus, dass es sich zwar tatsächlich um ein original iPad handelte, er dieses aber als treuer Kunde von einer großen Bank geschenkt bekommen und nicht etwa selbst bezahlt hatte. Hätte mich auch gewundert. Ebenfalls im Keller befindet sich die Werkstatt meines Vaters. Ich weiß nicht, ob er sie jemals wirklich benutzt hat, doch ist dies, zumindest seit ich denken bzw. laufen kann, nicht möglich, da sie mit allerlei Werkzeug, einem Haufen zu reparierender Gegenstände (darunter ein Radio aus Kriegszeiten sowie ein knallrotes Telefon mit Wählscheibe) und Holz- sowie Metallteilen in allen Formen und Farben vollgestopft ist. Selbst das Laufen gestaltet sich schwierig und die Türe, die in den Garten führt, ist nur schwer zu erreichen. Aber ich muss zugeben, mein Vater hat für jeden Notfall das passende Rüstzeug. Das ist nicht zu verachten und auch ich habe bereits oft davon profitiert. Wo ich gerade den Garten erwähne: Vor zwei Jahren haben sich meine Eltern neue Gartenstühle mit dazugehörigen Polsterauflagen gekauft. Doch was geschah? Im ersten Jahr danach mussten wir zunächst die alten Stühle weiterbenutzen, bis sie buchstäblich auseinanderbrachen. Dann erst kamen die neuen zum Einsatz. Allerdings ist deren Gebrauch nur beschränkt möglich, da sie nämlich aufgrund der hölzernen Armlehnen nicht nass werden dürfen. Zudem werden sie ausschließlich mit den bereits 20 Jahre alten hässlichen, grauschwarz karierten Polstern verwendet, „Da die neuen ja schließlich viel zu schade sind". O-Ton meiner Eltern. Traurig, aber wahr. Auch die Mitgliedschaft meiner Eltern im Fitnessstudio ist so eine Sache. Seit ca. 5 Jahren sind sie dort angemeldet, immer wieder verlängern sie den Vertrag, obwohl sie, wenn's hochkommt, vielleicht 20 Mal dort waren. Gut, mein Vater vielleicht etwas öfter, doch meine Mutter weigert sich standhaft und höchst erfolgreich, meinen Vater zu begleiten. Warum, ist mir ein Rätsel. Ich muss nur aufpassen, dass dieses Verhalten nicht auf mich abfärbt, ich kann da bereits gewisse Ähnlichkeiten entdecken. Es wird also höchste Zeit, dass ich mich dem in diesem Hinblick fragwürdigen Einfluss meiner Eltern entziehe und mir eine eigene Bleibe suche. Zu teuer darf sie natürlich nicht sein.

Heuschreckeninvasion die 2.

SPÄTER am Vormittag, mein Handy liegt nach wie vor zusammen mit der Heuschrecke unter dem Papierkorb im Arbeitszimmer, betrete ich nichtsahnend das Bad, um auf die Toilette zu gehen. Während ich meinem Geschäft nachgehe, fällt mein Blick auf das sich seitlich von mir befindende, erst kürzlich neu gestrichene Dachliegefenster. Es ist wirklich schön geworden, mit dieser weißen und grünen Farbe. Halt mal, wieso grün? Oh mein Gott, das Grüne ist, das Grüne ist... eine Heuschrecke! In mir zieht sich alles zusammen und mein erster Gedanke ist: Bloß nicht bewegen! Wenn sie dich nicht sieht, wird sie dir auch nichts tun. Doch mein Körper scheint anderer Meinung, denn ehe ich mich's versehe, springe ich auf und verlasse fluchtartig das Badezimmer, also so schnell es eben mit heruntergelassener Hose geht. Nachdem ich diese wieder hochgezogen, die Türe hinter mir zugezogen und mich etwas beruhigt habe, frage ich mich, wie die Heuschrecke ihrem Papierkorb-Gefängnis nur entkommen konnte?! Blödsinn, das muss eine andere sein, vielleicht die Schwester. Apropos Schwester: Meine Schwester wohnt doch jetzt seit Kurzem in der gleichen Straße, *die* könnte mir doch helfen. Sogleich verwerfe ich diese Idee wieder, mich an einen nächtlichen Anruf ihrerseits erinnernd, bei dem sie um Hilfe bei der Beseitigung einer Heuschrecke aus ihrem Schlafzimmer flehte. Ich bin also auf mich allein gestellt. Ich beschließe, das Bad einfach in nächster Zeit, bis mich jemand erlöst, nicht mehr zu betreten. Zum Glück haben wir ja noch eine Toilette. Da fällt mir siedend heiß ein, dass ich ja noch Haare waschen muss. Und jetzt? Ich versuche, gedanklich die Entfernung der Dusche vom Dachliegefenster abzuschätzen. Eindeutig zu nah. Aber mit fettigen Haaren kann ich auch nicht herumlaufen. Ich ringe mit mir, doch letztendlich siegt doch die weibliche Eitelkeit über meinen Überlebenswillen. Erstaunlich! Wie bereits bei meiner vorhergehenden Heuschreckenerfahrung öffne ich auch diesmal überaus vorsichtig die Tür. Da sitzt sie, an der gleichen Stelle und in der gleichen Position wie kurz zuvor. Das gibt mir Hoffnung. Vielleicht ist sie zu müde oder zu faul sich zu bewegen, das wäre mir sehr recht. Zum Haare waschen muss ich ihr nämlich den Rücken zukehren. Und wenn sie mich nun hinterrücks anfällt? Lieber nicht dran denken. Stattdessen stelle ich mir vor, wie sich meine Haare nach dem Waschen locker und sanft um mein Gesicht schmiegen. Dafür lohnt es sich doch, mich dieser Gefahr auszusetzen. Ich drehe mich also langsam um und lasse das Wasser laufen. Dabei versuche ich, unter meinen Beinen hindurch die Heuschrecke im Blick zu behalten. Fast verliere ich dabei das Gleichgewicht, ich kann mich gerade noch an der Duschwand festkrallen, die bedenklich wackelt. Aus den Augenwinkeln heraus sehe ich, dass die Heuschrecke noch immer am selben Fleck hockt. Vielleicht sollte ich versuchen, mich möglichst wenig zu bewegen, damit sie sich nicht provoziert fühlt. Dies gestaltet sich allerdings äußerst schwierig und schließlich gebe ich es im Vertrauen darauf, dass sie sich auch weiterhin ruhig verhalten wird, auf. Nach fünf langen Minuten habe ich es schließlich geschafft und wickle mir ein Handtuch um den Kopf, bevor ich das Bad schnellstmöglich wieder verlasse. Im Laufe des Tages schaue ich immer mal wieder vorbei, um mich zu vergewissern, dass sie immer noch am angestammten Platz sitzt, was auch tatsächlich der Fall ist. Komisch, dass die sich überhaupt nicht bewegt. Vielleicht ist sie auf Grund von Nahrungsmangel zu schwach, irgendwie sieht sie ziemlich krank aus. Naja, umso besser. Als ich jedoch das nächste Mal nachschaue, ist sie verschwunden. Mist, war wohl doch noch relativ fit. Jetzt kann ich nur noch warten, bis mich irgendjemand rettet, denn ohne zu wissen, wo genau sie sich aufhält, werde ich das Bad nicht mehr betreten. Glücklicherweise kommt wenig später mein Freund vorbei. Nachdem er die Heuschrecke aus dem Arbeitszimmer entfernt hat und ich mein Handy glücklich wieder in Empfang genommen habe, schicke ich ihn ins Bad, um die verschwundene Heuschrecke zu suchen. Kurze Zeit später kommt er mit der Heuschrecke in der Hand wieder zurück. Als ich schon aufschreien will, erklärt er mir, dass er sie regungslos unter dem Fenster liegend vorgefunden habe und sie bereits tot sei. Habe ich mich also doch nicht getäuscht, so komisch, wie die den ganzen Tag am Fenster rumhing, konnte es ihr ja nicht gut gehen. So ist sie also eines natürlichen Todes gestorben. Begraben haben wir sie allerdings nicht, sondern sie den Vögeln zum Fraß vorgeworfen. Ihr Tod war also nicht umsonst.

Ganzheitlicher Zeitvertreib

HIERMIT verkünde ich Ihnen eine frohe Botschaft: Für all diejenigen, die mit ihrer Freizeit nichts anzufangen wissen und denen die herkömmlichen Freizeitaktivitäten zu langweilig und einfallslos sind, ist Rettung in Sicht. Falls Sie dann auch noch ganz nebenbei Ihre Seele retten und Ihre Körperlichkeit überwinden wollen, habe ich genau das Richtige für Sie. Nach langer Suche bin ich in einer ganzheitlich angehauchten Zeitschrift fündig geworden und habe hier die besten Angebote zusammengestellt, um Ihre Langeweile zu bekämpfen und gleichzeitig Weisheit zu erlangen. Ich verspreche Ihnen einzigartige und außergewöhnliche Erlebnisse, die Sie so schnell nicht vergessen werden, selbst, wenn Sie es wollten.

Besonders angetan hat es mir die holographische Reinkarnationstherapie, die u.a. pränatale, perinatale, postnatale sowie transpersonale Traumabearbeitung beinhaltet und sich auch um karmische Beziehungen und Anklebungen kümmert. Bei *Anklebungen* muss ich irgendwie gerade an Pumuckl denken, wie er am Leimtopf des Meister Eder kleben bleibt und somit für ihn sichtbar wird. Tatsächlich verbirgt sich dahinter wahrscheinlich das Anhaften von schlechten Energien, aus früheren Leben mitgebrachten Altlasten und bösen Flüchen, die dann, auf welche Art und Weise auch immer, entfernt werden sollen. Da ich mir unter *holographisch* in diesem Zusammenhang rein gar nichts vorstellen kann, schlage ich es im Duden nach, wo ich unter *Holographie* lese, dass es sich dabei um eine „Technik zur

Speicherung und Wiedergabe von dreidimensionalen Bildern, die (in zwei zeitlich voneinander getrennten Schritten) durch das kohärente Licht von Laserstrahlen erzeugt werden" handelt. Hm, wie das nun mit Reinkarnationstherapie zusammenhängt, kann ich mir nicht so recht erklären. Sollte Ihnen das mit der holographischen Behandlung zu suspekt sein, können Sie alternativ dazu ganz bequem an der Kryon University ein Loslass-Wochenende buchen oder wahlweise an einem Kuschelabend teilnehmen. Falls Sie weiblichen Geschlechts sind, steht Ihnen auch der Frauentempel offen, wo Sie sich „ob reif oder jung, rund oder schlank, expressiv oder zurückhaltend (...) mit Ihrer weiblichen Quelle verbinden und Schwesternschaft erfahren können". Ebenfalls interessant klingt das Angebot einer spirituellen Hochzeit. Allerdings gibt mir der Zusatz „Für Paare und Singles" Rätsel auf. Werden da am Ende gar nicht zwei Menschen miteinander verheiratet, sondern eher die Verbindung zwischen menschlichen und geistigen Wesen gefeiert? Und was hat es überhaupt mit dieser Kryon University auf sich? Wie ich bei weiteren Recherchen erfahre, hat das Engelwesen Kryon mit einigen seiner Freunde aus dem Universum beschlossen, die Kryon Schule zu gründen, um uns Menschen hinters, äh, ins Licht zu führen. Von Kryon höchstpersönlich und den 36 Hohen Räten des Lichts werden uns durch ein Medium die Schritte zum Erwachen durchgegeben. Schon mit 110 € pro Monat sind Sie dabei, wobei verschiedene Liefer- und Zahlungsmodalitäten möglich sind. Na wenn das nichts ist... Beeindruckt hat mich besonders die persönliche Begrüßung durch Kryon, die da lautet: „Seid gegrüßt meine Freunde des Lichtes,

OMAR TA SATT, ich bin KRYON vom Magnetischen Dienst".
Da fühlt man sich doch in sicheren Händen.

Wenn Sie nicht ganz so viel Geld ausgeben wollen, schlage ich Ihnen den Kurs *Bronze Glocken-Qi-Gong* vor. Sehr zu empfehlen ist laut Anzeige auch eine Reinkarnationstherapie – diesmal nicht holographisch – oder eine Rückführung in Form einer „spirituellen Reise zur Lösung von Problemen am Ursachepunkt." Falls Sie sich hingegen nicht nur in Ihrem Körper, sondern vornehmlich in Ihrer Wohnung unwohl fühlen, sollten Sie vielleicht einmal einen Rutengänger beauftragen, um abzuklären, ob Wasseradern, elektrische Strömungen oder gar Erdverwerfungen die Harmonie stören. Zusätzlich können Sie eine reinigende Wohnungsräucherung durchführen lassen. Möglicherweise liegt Ihr Unwohlsein jedoch nicht an Ihrer Umgebung, sondern daran, dass Sie von Fremdenergien oder Fremdseelen besessen sind. Damit ist nicht zu spaßen und eine Befreiung beispielsweise durch Energieübertragung oder Quantenheilung ist angezeigt. Qualifizierte Fachleute dafür gibt es genug, wenn man den Anzeigen des Magazins Glauben schenken darf. Möglicherweise bekommen Sie das Problem auch durch einen Kurs in Pranic Healing nach Master Choa Kok Sui in den Griff, wo sie die berührungslose Energieheilung erlernen.

Kommen wir nun zu einem wirklich ernsten Thema: der nachlassenden Libido. Doch keine Panik, eine tantrische Energiebehandlung kann dem Abhilfe schaffen. Und Sie sind dabei nicht allein: Die Engel und aufgestiegenen Meister sind auch mit dabei, um ihre Sexualität wiederzubeleben. Was sie daran für ein Interesse haben, weiß ich nicht, doch so steht es geschrieben. Vielleicht hilft aber auch ein einfaches Chakra-Edelstein-Kissen, welches in einer Stadt nicht weit von hier zu erwerben ist. Der Werbetext versichert uns, dass die Kissen „in den Chakra-Farben mit den entsprechenden Yantra bedruckt und vollständig mit hochwertigen, ausgesuchten Micro-Trommelsteinmischungen gefüllt (sind)". Die Vertriebsfirma ist übrigens in der Irrerstraße angesiedelt. Wollte ich nur erwähnt haben. Ein paar Seiten weiter hinten werden uns noch weitere Methoden nahegelegt, mit denen wir unserer Erlösung näherkommen. Und mit Erlösung meine ich nicht den Tod. Um diese zu erlangen, sind beispielsweise eine Fernheilung, eine Timeline-Zeitreise, eine Clearing-Ausbildung um karmische Blockaden zu lösen oder eine Suff-, pardon, Sufi-Meditation, die als interreligiös angepriesen wird, geeignet.

Für den Fall, dass Sie sich zu Hause energetisch sanieren wollen, stehen unter der Rubrik „Kleinanzeigen Markt" ein Yoga Kopfstandstuhl, ein indischer Tempelgong aus Bronze, zwei winterharte, befeuerbare indianische Tipi-Zelte, kupferne Shirodhara Ölgefäße sowie Selbstlern-DVDs zum Einstudieren des indischen Kathak-Tanzes zum Verkauf. Auf derselben Seite findet sich ein Angebot, das sich ausdrücklich nur an Verrückte richtet. Es geht um Avantgarde-Theater und ein Gruppen-Experimentallabor, was auch immer darunter zu verstehen ist. Tatsächlich interessieren würde mich ja der Aufruf, ethisch Geld zu verdienen, was angeblich ein selbstständiges und sicheres Einkommen verspricht. Da sich dieser jedoch zwischen den Anzeigen eines schamanischen Ausbildungskreises und einer spirituellen Buchhandlung befindet, kommen mir Zweifel und ich entscheide mich, die angegebene Webseite lieber nicht zu besuchen. Dann doch lieber das in der nächsten Spalte feilgebotene „Gartenhäuschen in Traumsüd-Alleinlage für die Fee, 1061 m²". Abgesehen von dem Zusatz „mit Strom" erfahren wir des Weiteren, dass besagtes Haus aus hundertjähriger Eiche besteht. Vielleicht war damit aber auch das Vorhandensein eines solchen Baumes auf dem Grundstück gemeint. Den Seelenpartner für die Fee, mit dem sie dann in dem Gartenhäuschen einziehen kann, habe ich auch schon gefunden. Unter der Überschrift „Kontakte" findet sich folgender Text: „Er, 51, sucht alte weiße Seele in Form einer Frau, die aus den Dramen heraus ist, für alles Schöne auf dieser Welt." Ist das nicht romantisch? Und Schönes gibt es ja wahrlich genug, wie wir aus dieser Zeitschrift erfahren haben. Der ganzheitliche Zeitvertreib boomt. Fragt sich nur, was mit den armen Schluckern passiert, die vor lauter Arbeit oder aus Geldmangel gar nicht dazu kommen, sich seelisch weiterzuentwickeln und so in höhere Sphären aufzusteigen. Sie werden wohl für immer hier unten verhaftet bleiben, ein tristes Erdendasein fristen und sich mit der Realität auseinandersetzen müssen. Sie leben weiter vor sich hin, führen eine glückliche Partnerschaft, üben einen Beruf aus, der sie erfüllt, haben Freude am Leben und sind sich in ihrer Ignoranz gar nicht bewusst, dass sie eigentlich totunglücklich sein müssten, da sich das wahre Leben, wie wir nun wissen, nun mal nicht hier auf der Erde abspielt, sondern irgendwo da draußen, weit oben und für uns Realisten nicht zu erreichen.

Im Streichelzoo

„Ach bitte, nur noch ganz kurz, das Arme ist sonst traurig, wenn wir schon gehen." Wie auf Kommando blickt das Zicklein mit treuherzig-traurigen Augen zu meinem Freund auf. Zweifelnd meint er: „Das glaube ich kaum, hier drin sind ja inzwischen mehr Menschen als Tiere." Bereits seit ca. einer Dreiviertelstunde befinden wir uns im Streichelzoo eines großen Wildparks. Die wilden Tiere können mir jedoch gestohlen bleiben, ich bleibe lieber bei den Schäfchen und Mini-Ziegen. Obwohl mir die etwas größeren Exemplare schon fast ein bisschen Angst einjagen, immerhin haben sie ganz schön lange Hörner. Leicht nervös verstecke ich mich dann auch sogleich hinter meinem Freund, als eine offensichtlich schlecht gelaunte Mutterziege auf uns zukommt. Doch im letzten Moment dreht sie ab und ich kann in Ruhe das kleine Zicklein weiter streicheln. „Schau doch mal, jetzt leckt es mein Bein ab!", rufe ich entzückt. Mein Freund hingegen, den es auch erwischt hat, schaut alles andere als freudig. „Müssen wir uns das noch lange antun?", fragt er leicht angewidert. „Ach komm", sage ich, „die sind doch so süß! Außerdem: Wer wollte denn in den Wildpark?" „Moment mal", meint er entrüstet, *„du* liegst mir doch seit Ewigkeiten mit einem Zoobesuch in den Ohren!" „Ja genau", erwidere ich, „in einen *Zoo* wollte ich gehen, nicht in einen langweiligen Wildpark wo man höchstens ein Drittel der Tiere zu Gesicht bekommt." „Deswegen heißt es ja *Wild*park, weil hier wilde Tiere leben, die sich nicht so zur Schau stellen lassen wie die in einem normalen Zoo", antwortet mein Freund mir leicht genervt. „Wärst du halt schneller gefahren, dann hätten wir wenigstens bei den Fütterungen dabei sein können, da sieht man die Tiere ja angeblich", entgegne ich vorwurfsvoll. „Ach, jetzt bin ich schuld, wenn die Tiere zu scheu sind!" „Wenn es wenigstens richtige Tiere wären, aber hast du das Schild vorhin gelesen, das neben dem riesigen Haufen Gestrüpp?", will ich wissen. „Da stand drauf: *Der Reisighaufen*, und darunter waren sämtliche Insekten abgebildet, die angeblich darin leben sollen. Scheint das Highlight des Parks zu sein. Abgesehen davon, dass man – zum Glück – kein einziges gesehen hat, ist das doch lächerlich, da kann ich ja in unserem Garten auch einen Zoo aufmachen." Während wir noch hin und her diskutieren, welche Tiere nun für einen Wildpark geeignet sind, haben das süße Zicklein und sein Bruder ganz unbemerkt angefangen unsere Schnürsenkel aufzuessen. „Jetzt reicht's aber", regt sich mein Freund auf, „wir gehen jetzt!" „Jetzt warte doch mal", rufe ich, „ich habe doch noch gar nicht meinen ganzen Mais verfüttert!" Mit gequältem Gesichtsausdruck deutet mein Freund auf den Boden, der vollkommen mit Maiskörnern übersät ist, und sagt: „Du meinst doch nicht wirklich, dass die den noch wollen, wahrscheinlich können sie das Zeug nicht mehr sehen und sind froh, wenn sie uns los sind." Widerstrebend lasse ich mich aus dem Streichelzoogehege ziehen. Während mein Freund noch auf der Heimfahrt über die Ziegen und ihre Unarten schimpft, frage ich ihn: „Du wolltest doch immer einen Hund, oder?" „Ja, und?", meint er. „Naja, du weißt ja, dass mir Hunde nicht so ganz geheuer sind. Wenn du also einen Hund bekommst, kriege ich eine kleine Ziege, OK?" Ich glaube, so schnell will der keinen Hund mehr.

Die Rache der Heuschrecken

Es ist mittlerweile Nachmittag und ich habe beschlossen, ein wenig Ordnung in meinem Zimmer zu schaffen. Während ich so vor mich hin kruschele, höre ich auf einmal ein seltsames Plopp-Geräusch, was von meinem Schreibtisch zu kommen scheint. Es klang ganz so, als ob irgendetwas heruntergefallen wäre. Komisch, zu sehen ist nichts. Ich vertiefe mich also wieder in meine Arbeit, doch dieses Geräusch geht mir nicht mehr aus dem Kopf, es kommt mir so bekannt vor... Plötzlich fällt es mir wieder ein: Dasselbe Geräusch habe ich an diesem Tag schon einmal vernommen, und zwar bei der Landung der Heuschrecke im Arbeitszimmer. Oh Gott, es wird doch nicht etwa wieder so ein Viech sein!? Vorsichtshalber nehme ich schon einmal größtmöglichen Abstand zum Schreibtisch, nur um bei genauerem Hinsehen zu entdecken, dass dort auf einem Stapel Papier – wie könnte es anders sein – eine große grüne Heuschrecke sitzt. Die verfolgen mich doch, womit habe ich das verdient? Ich spüre, wie mein Adrenalinspiegel steigt und mein Körper sich zum Kampf bereitmacht. Kurz darauf finde ich mich jedoch mit unkontrolliert schlagendem Herzen vor der Zimmertüre stehend wieder. Mein Fluchtinstinkt war schon immer ausgeprägter als der des Kämpfens. Aber ich kann ihr doch nicht einfach so das Feld überlassen, schließlich habe ich eine Mission zu erfüllen, nämlich mein Zimmer aufzuräumen. Da mein Freund leider schon wieder weg ist und meine Schwester ja unter der gleichen Phobie leidet (ob das genetisch bedingt ist?), überlege ich fieberhaft, wen ich noch um Hilfe bitten könnte. Da fällt mir meine Nachbarin und gute Freundin Anja ein. Sofort rufe ich sie an. Sie ist auch tatsächlich da und hat sogar Besuch. Umso besser, Verstärkung kann ich gut gebrauchen. Zu dritt stehen wir wenig später vor meiner Zimmertüre und besprechen unsere Taktik. Unglücklicherweise sind auch Anja und ihrer Freundin Heuschrecken nicht ganz geheuer und so dauert unsere Lagebesprechung entsprechend lange, da keiner sich so recht traut. Als wir uns schließlich auf den Einsatz moderner Technik zur Beseitigung der Heuschrecke geeinigt haben, sprich das Benutzen eines Staubsaugers, müssen wir beim Betreten des Zimmers mit Entsetzen feststellen, dass die Heuschrecke nicht auf uns gewartet hat. Auf dem Schreibtisch keine Spur von ihr. Das darf doch wohl nicht wahr sein, jetzt hatten wir so einen guten Schlachtplan! Vorsichtig scannen wir die nähere Umgebung. Nichts. Da schreit Anja plötzlich auf: „Da!" Sie zeigt in Richtung Fenster. Tatsächlich, ich entdecke sie am oberen Ende des Vorhangs. „Na dann los", sage ich und versuche meiner Stimme einen selbstsicheren Klang zu verleihen. Nachdem sich die beiden strategisch günstig positioniert haben, wirft Anja also den Staubsauger an, während ihre Freundin den Vorhang festhält. Ich übernehme die Rolle der Koordinatorin: „Vorsichtig, nicht, dass du sie mit der Staubsaugerstange verschreckst und sie uns davon hüpft!", rufe ich aus sicherer Entfernung. „Ein bisschen weiter links, ja, so könnte es gehen." Ich komme mir vor wie bei Ghostbusters. „Und wenn sie nun an der Saugerstange vorbei flutscht?", gebe ich zu bedenken. „Das ist rein physikalisch unmöglich, die Saugwirkung besteht ja nur an der unmittelbaren Stangenöffnung", beruhigt mich Anjas Freundin. Naja, man weiß ja nie... Während ich mir reflexartig die Augen zuhalte, machen sich die beiden Mädels ans Werk. Der Heuschrecke scheint ihr kurz bevorstehender Tod nicht bewusst, sie verhält sich vollkommen ruhig. Kurz darauf ist sie in den Tiefen des Staubsaugers verschwunden und wir atmen erleichtert auf. Ich gratuliere den beiden und bedanke mich herzlich für die Rettung, bevor ich sie bitte, den Staubsauger möglichst weit entfernt abzustellen. Vorsichtshalber lassen wir ihn noch zehn Minuten laufen, damit wir auch sicher gehen können, dass die Heuschrecke im Staubsaugerbeutel angekommen ist. Anschließend stopft Anja auf meine Bitte hin Klopapier in die Saugerstange um eine mögliche Flucht des Insekts zu verhindern. Ich hoffe nur, dass mein Freund bald wieder vorbeikommt und den Beutel entsorgt, ich wollte schließlich noch mein Zimmer saugen...

Ich wünsche mir

„ICH weiß jetzt, was du mir zum Geburtstag schenken kannst: ein Blindenpony!" Mein Freund schaut mich an und meint: „Du bist aber nicht blind." „Ja, weiß ich doch, aber ich habe gestern so eine Sendung gesehen, da haben sie ein Mädchen gezeigt, das statt eines Blindenhundes ein Blindenpony bekommen hat, da die Familie muslimisch ist und Hunde als unrein gelten." „Ah ja", sagt mein Freund. „Ja, und das war so süß, das durfte sogar mit in den Bus, so klein war das", schwärme ich. Mein Freund lässt sich nicht erweichen und sagt: „Über einen Hund ließe sich schon eher reden..." Ich unterbreche ihn mit vorwurfsvoller Stimme: „Du weißt doch, dass mir Hunde nicht geheuer sind. Außerdem ist das doch langweilig, einen Hund kann ja jeder haben." „Weil der auch wesentlich einfacher zu halten ist", kontert mein Freund. Damit ist das Thema für diesen Tag erledigt. Am nächsten Tag, als wir einen Spaziergang machen, läuft uns eine niedliche kleine Katze über den Weg. Sofort bleibe ich stehen und beginne sie zu streicheln. Mein Freund bleibt in sicherer Entfernung stehen. Zu ihm aufblickend sage ich entzückt: „Schau nur wie niedlich, ich will auch so ein Kätzchen, schenkst du mir eins?" „Mit Sicherheit nicht", antwortet er, während er abfällig die Nase rümpft, „Katzen sind absolut hinterhältige Viecher, total opportunistisch, sowas kommt mir nicht ins Haus. Ein Hund hingegen...", fängt er an. „Ja, ja, ich weiß", rede ich ihm dazwischen, „Hunde sind im Gegensatz zu Katzen viel besser zu erziehen, zudem gehorsam und loyal. Das ist ja das

Schlimme, die sind total unterwürfig. Im Gegensatz dazu hat sich eine Katze ihren natürlichen Stolz bewahrt und lässt sich nicht so einfach herumkommandieren. Sie ist frei und unabhängig und tut was sie will, sie hat eben immer noch wildes Blut in den Adern, wie eine kleine Raubkatze. Niemand kann sie so leicht zähmen und…" Da unterbricht mein Freund meinen Redeschwall und drängt: „Komm, wir gehen weiter, du hast sie jetzt lange genug gestreichelt." Das finde ich gar nicht und nur schwer kann ich mich von ihr losreißen. Ihr herzzerreißendes Miauen begleitet uns noch eine ganze Weile. Vorsichtig versuche ich es erneut: „Außerdem will ich ja gar keine wilde Katze, sondern eine Kuschelkatze." „Was ist denn eine Kuschelkatze?", will mein Freund wissen. „Das ist eine Katze, die es liebt gestreichelt zu werden, die ganz zahm und anhänglich ist und sich alles gefallen lässt", erkläre ich. „Was du da gerade beschreibst, ist ein Hund, keine Katze. Hast du nicht eben noch gesagt Katzen seien deshalb so toll, weil sie wild und frei sind und tun und lassen, was sie wollen?" „Ja schon", erwidere ich kleinlaut, „aber so als Haustier ist eine liebe und folgsame Katze vielleicht doch besser." Mein Freund will gerade widersprechen als vor uns eine Schafsweide auftaucht und ich sofort losschreie: „Oh Gott wie putzig, guck mal, da sind sogar kleine Lämmchen!" Mit meinem Freund im Schlepptau nähere ich mich dem Zaun. „Jetzt kommt sogar eins her, schau mal!" Mein Freund nickt nur ergeben. „Bestimmt hat es Hunger, hast du was zu essen dabei?" „Klar, ich schleppe immer einen Heuballen mit mir herum", meint mein Freund leicht gehässig. „Du musst nicht gleich so aggressiv werden, dann gebe ich ihm eben ein bisschen Gras", sage ich und reiße ein frisches Büschel aus. „Ach, und du meinst das Gras vor dem Zaun schmeckt ihm besser als das dahinter?" „Ja, meine ich, weil nämlich *ich* es ihm gebe", antworte ich trotzig. Dann jedoch frage ich mit engelsgleicher Zunge: „So ein Schäfchen könnten wir uns aber schon halten, oder was meinst du?" „Was willst du denn um Himmels Willen mit einem Schaf, das ist doch kein Haustier", entgegnet mein Freund. „Genauso wenig wie eine Ziege, die du nach unserem Besuch im Wildpark unbedingt haben wolltest." „Also erstens mal will ich kein *Schaf*, sondern ein *Schäfchen*, und auch keine *Ziege*, sondern ein *Zicklein*, zweitens können die beiden dann ja zusammen den Rasen mähen, dann müsstest du das nicht machen, und drittens könnten wir dann Käse und andere Milchprodukte herstellen", erläutere ich. „Und du weißt also wie das geht, ja?", fragt mein Freund mit verächtlichem Unterton, bevor er hinzufügt: „Abgesehen davon: Wo sollten die denn überhaupt unterkommen?" „Ach, das ist das geringste Problem", zerstreue ich seine Bedenken, „auf dem unteren Gartengrundstück meiner Eltern haben sie doch Weiderecht, das gilt bestimmt noch." „Na, die werden sich freuen! Aber so weit wird es erst gar nicht kommen", sagt mein Freund und zieht mich vom Gatter weg. Der ist aber auch mit nichts zufrieden. „Magst du Tiere überhaupt?", frage ich enttäuscht. „Jaa", erwidert er gedehnt, „besonders Hunde." Wie einfallslos, denke ich bei mir, spreche es jedoch lieber nicht laut aus, um weiteren Diskussionen vorzubeugen. Der Rest des Nachmittags verläuft dann auch friedlich. Tags darauf treffen wir uns in der Stadt und ich berichte ihm ganz aufgeregt: „Ich brauche unbedingt ein Äffchen, kaufst du mir eins?" Daraufhin erwidert mein Freund sichtlich genervt: „Erst ein Pony, dann ein Kätzchen, gefolgt von einer Ziege und einem Schaf, und jetzt also ein Affe. Es wird ja immer abstruser." „Was ist denn daran abstrus?", will ich wissen. „Außerdem hast du's schon wieder falsch verstanden, ich will keinen *Affen*, sondern ein Äffchen." „Ach so, dann ist ja alles in Ordnung", meint mein Freund mit vor Zynismus triefender Stimme. „Das käme dir sogar auch zugute", erkläre ich, „dann müsstest du weniger im Haushalt tun. Ich habe da nämlich gestern Abend im Fernsehen eine Reportage gesehen, in der eine behinderte Frau von ihrer Krankenkasse ein extra dafür ausgebildetes Äffchen zur Hilfe im Haushalt bekommen hat. Stell dir mal vor, ein Haushaltsäffchen! Das konnte sogar CDs einlegen." „Du schaust eindeutig zu viel Fernsehen", urteilt mein Freund, bevor er gekonnt das Thema wechselt.

Ein paar Tage später sehen wir uns wieder, diesmal bei ihm. „Duuu....", sage ich. „Ja?", fragt er und blickt von seinem Bildschirm auf. „Weißt du, was ich mir wünsche?" „Noch nicht", erwidert er, „aber ich ahne Schlimmes." „Ein Eselchen!", strahle ich ihn an. „Also langsam reicht's", ruft er entrüstet, „das wird ja am Ende ein ganzer Zoo!" „Super Idee", stimme ich ihm begeistert zu, „wir machen unseren eigenen Streichelzoo auf. Dass ich da nicht schon früher drauf gekommen bin! Aber eigentlich wollte ich das Eselchen für etwas anderes", gebe ich zu bedenken. „Und was sollte das sein?" „Ich habe mir überlegt, dass ich dann immer auf dem Eselchen in die Stadt reite. Während ich in einem Geschäft bin, kann es ja so lange draußen warten. Und dann kann es auf dem Rückweg meine Einkäufe nach

Hause tragen. Cool, oder?", frage ich mit leuchtenden Augen. „Sehr cool", erwidert mein Freund trocken. Er scheint die Idee nicht so gut zu finden und so schlage ich vor: „Wenn es dir lieber ist, kann ich aber auch einen Mini-Esel nehmen, da habe ich was im Internet darüber gelesen, die sind von der Größe und vom Verhalten her fast wie Hunde, richtig anhänglich. Nur drauf reiten wird schwierig, die gehen einem ja nicht mal bis zur Hüfte, da würden dann die Beine ganz schön am Boden schleifen. Und ob die so viel tragen können, weiß ich auch nicht." „Das ist mir ehrlich gesagt völlig egal", wettert mein Freund, „und wenn sie Hunden eh so ähnlich sind, dann können wir uns ja auch gleich einen richtigen Hund anschaffen, am besten einen Boxer. Das sind sehr liebe und folgsame Tiere." „Die haben ja noch nicht mal lange Haare", maule ich, „die kann man ja gar nicht richtig streicheln. Und hässlich sind sie auch. Dann nehmen wir doch lieber einen kleinen Wolf, so einen wie sie ihn im Wildpark hatten, erinnerst du dich?" „Das war ein Wolfsjunges. Du weißt schon, dass die nicht immer so klein bleiben. Und zahm sind die ganz bestimmt nicht", belehrt er mich. Also wieder nichts. Im Endeffekt haben wir uns für ein Erdmännchen, neben Hunden seine Lieblingstiere, und ein Schweinchen entschieden. Aus Plüsch, versteht sich.

Iᴄʜ habe es doch am Wochenende tatsächlich geschafft, meinen Freund zu überreden, mit mir erneut in einen Wildpark zu gehen. Hätte ich nach unserem letzten Besuch selbst nicht für möglich gehalten. Anscheinend war er jedoch an jenem Tag gut gelaunt und brauchte sowieso mal eine Pause von seiner Programmiererei. Ich meine natürlich von der höchst anspruchsvollen Arbeit des Softwareentwickelns. Was ich ihm jedoch nicht gesagt hatte, war, dass es sich bei besagtem Wildpark eher um eine Art übergroßen Streichelzoo handelte. In der Tat waren außer ein paar Rehen und Wildschweinen nur Nutz- und Haustiere vertreten. Das merkte auch er, nachdem er unser beider Eintrittskarten bezahlt hatte und wir die ersten paar Meter gegangen waren. Misstrauisch schaute er mich an und meinte: „Hast du nicht von Wildpark gesprochen? Das scheint mir eher ein Erlebnisspielplatz mit zusätzlicher Option auf das Füttern und Streicheln von alles andere als wilden Tieren zu sein." Anstatt einer Antwort deutete ich auf das über dem Eingang hängende Schild mit der Aufschrift „Wildpark Frühlingshausen". Allerdings war auch ich von der Masse an Familien und Kindern überrascht, wenn nicht gar schockiert, die sich vornehmlich auf einem Abenteuerspielplatz am Anfang des Parks tummelten. Da waren Mütter mit Picknickkörben, mitgebrachten Torten und buntem Plastikbesteck, die es sich an den Holztischen nahe der Spielgeräte gemütlich gemacht hatten. Ich konnte sogar neben all der Vielfalt an Buggys und Kinderwägen ein zusammenklappbares Kinderbett ausmachen, in dem ein

Baby friedlich seinen Mittagsschlaf hielt. Wir waren weit und breit die einzigen ohne Kinder, hatten also nicht einmal einen Vorwand, warum wir als Erwachsene einen Streichelzoo besuchten. Glücklicherweise wurde mein Freund von dem kleinen Biergarten abgelenkt, der sich in der Nähe des Eingangs befand. „Ich esse jetzt erst mal was", verkündete er, bevor er die lange Schlange an wartenden Menschen bemerkte und es sich anders überlegte. Auch ich hätte gerne ein Eis gehabt, doch auch hier eine endlose Schlange an quengelnden Kindern und genervten Eltern. Weiter oben entdeckten wir einen Softeisstand, an dem sich mein Freund an der wesentlich kürzeren Schlange anstellte, während ich in Richtung Toilette verschwand, die Worte meines Freundes in den Ohren: „Du warst doch eben erst." Männer können das einfach nicht nachvollziehen, schließlich haben sie eine größere Blase als Frauen und müssen deshalb nicht so oft. Eigentlich sollte mein Freund sich mittlerweile daran gewöhnt haben. Davon abgesehen bin ich für eine Frau wirklich schnell, meist bin ich sogar eher fertig als er, wenn wir denn mal gleichzeitig gehen. Das hat meinen Freund schon bei einem unserer ersten Treffen fasziniert. Er konnte es einfach nicht glauben und unterstellte mir, entweder gar nicht gewesen zu sein oder mir danach nicht die Hände gewaschen zu haben. Andernfalls sei es unmöglich, dass ich schneller fertig wäre als er.

Wie dem auch sei, gerade rechtzeitig als er an die Reihe kam, tauchte ich wieder auf und er fragte mich: „Wenn du Softeis mögen würdest, was ja nicht der Fall ist, ich weiß, welche Sorte würdest du nehmen, Vanille-Karamell oder Stracciatella?" „Stracciatella", antwortete ich wie aus der

Pistole geschossen, woraufhin er nickend meinte: „Habe ich mir gedacht." Sobald er sein Eis besagter Sorte in der Hand hielt, nahm ich es ihm weg, um zu probieren, da es letztendlich doch ganz lecker aussah. „Mmh, gar nicht schlecht", sagte ich anerkennend, während ich genüsslich daran leckte. „Moment mal", rief mein Freund, „das ist mein Eis!" „Ok, ok", sagte ich entschuldigend und reichte ihm den kläglichen Rest der Eistüte. Bevor er protestieren konnte, zog ich ihn weiter Richtung Ziegengehege, in der Hoffnung, ein paar Ziegenbabys anzutreffen und streicheln zu können. Dort angekommen fiel mir auf, dass wir gar kein Futter gekauft hatten. Bittend sah ich meinen Freund an und fragte mit zuckersüßer Stimme: „Gehst du schnell welches holen?" „Na gut", brummte er und zog los. Unterdessen versuchte ich, auch ohne Futter die Aufmerksamkeit der kleinen Ziegen auf mich zu lenken, was mir jedoch nicht gelang. Leicht enttäuscht sagte ich nach seiner Rückkehr zu meinem Freund: „Die interessieren sich gar nicht für mich, nur für's Fressen." „Was hast du denn gedacht, das sind schließlich keine anhänglichen Haustiere." „Na, dann gib mal das Futter her", forderte ich ihn auf, während ich nach der Packung griff. Kaum hörten sie das Rascheln der Papiertüte, kam gleich ein ganzes Rudel von Ziegen auf mich zu. „Hey, du nicht", rief ich einem mit langen Hörnern versehenen Ziegenbock zu, „ich will nur die Kleinen füttern!" „Du bist ja gemein", warf mir mein Freund vor. „Los jetzt, wir gehen weiter. Ich habe oben auf einem Schild gelesen, dass es hier auch Frettchen gibt." Wen interessieren schon Frettchen, dachte ich leise vor mich hin, die kann man ja gar nicht streicheln. Widerstrebend trottete ich ihm hinterher.

„Wo sollen die Viecher jetzt sein?", wollte ich genervt wissen, als wir vor dem leeren Frettchenkäfig standen. „Da in der Ecke, da sitzt eins", antwortete mein Freund und deutete auf ein aufgespanntes Tuch. Ich konnte nichts erkennen, was wahrscheinlich daran lag, dass die Ecke im Halbdunkeln lag und ich eine Sonnenbrille aufhatte. Ohne Sonnenbrille jedoch war die Situation noch aussichtsloser, da es sich um ein an meine Kurzsichtigkeit angepasstes Modell handelte. „Ich geh' schon mal vor", verkündete ich deshalb meinem Freund und machte mich auf den Weg zum Kaninchengehege.

Als mein Freund wenig später dort eintraf, war ich gerade damit beschäftigt, das vor dem Außengehege angebrachte Schild mit sämtlichen in Deutschland vorkommenden Kaninchenrassen zu studieren. Das dringend renovierungsbedürftige Schild besagte, dass hierzulande derzeit 88 Kaninchenrassen in insgesamt 370 verschiedenen Farbenschlägen vom Zentralverband Deutscher Rasse-Kaninchenzüchter anerkannt sind. „Was die für Namen haben", machte ich mich lustig, „*Deutsche Riesen, Große Marderkaninchen, Deutsche Widder.* Die sind weder riesig noch sehen sie wie Marder oder Widder aus." „Als Widder bezeichnet man Kaninchen mit Hängeohren", erläuterte mein Freund, doch ich hörte ihm gar nicht zu und zählte stattdessen weitere mir seltsam erscheinende Rassenamen auf: „Oh mein Gott, hör dir das mal an: *Blaue Wiener, Blaugraue Wiener, Weiße Wiener, Schwarze Wiener* und *Graue Wiener.* Das klingt nach verschimmelten Würstchen. Oder hier: *Satin-Chinchilla, Farbenzwerge, Separator.* Wie kommen die nur auf sowas? Aber am besten ist ja das da, das sieht total unförmig aus: *Dreifarben-Schecken-Rexe*. Allein der Name lässt nichts Gutes erwarten, und das Aussehen bestätigt die schlimmsten Befürchtungen. Aber eigentlich will ich die Tierchen nicht nur auf einem Schild bewundern, sondern in echt. Siehst du welche?", wollte ich von meinem Freund wissen. „Die sitzen bestimmt alle drinnen im Schatten", erwiderte er und fügte hinzu: „Ich hatte auch mal eines. Leider ist es an einer Lebensmittelvergiftung gestorben. Jetzt weiß ich auch, dass Kaninchen nicht so schlau sind, nur das zu essen, was gut für sie ist. Die fressen alles, was man ihnen vorsetzt." Entsetzt schaute ich meinen Freund an: „Du hast also ein unschuldiges Tier auf dem Gewissen? Das hätte ich dir echt nicht zugetraut." „Es war ja nicht vorsätzlich", beruhigte er mich. Zur Ablenkung ergriff er meine Hand und meinte: „Da hinten geht der Rundweg weiter, komm." Während sich in meinem Kopf Bilder von verendeten Kaninchen und Grabsteinen mit den Namen der eben gelesenen Rassen aneinanderreihten, waren wir wieder am Rundweg angekommen und ich schrie begeistert auf: „Da, da geht es zu den Eseln!" Ungeduldig zupfte ich am T-Shirt meines Freundes, der mich jedoch in die entgegengesetzte Richtung zog, bis wir vor einem Käfig mit Truthähnen landeten. „Ach du Scheiße sind die hässlich", rief ich aus, was mir nicht nur einen bösen Blick seinerseits einbrachte, sondern auch den um mich herum stehenden Müttern und Vätern zu missfallen schien. Flüsternd wandte ich mich an meinen Freund: „Wenn ich mir die noch länger anschaue, bekomme ich Albträume." „Jetzt übertreib mal nicht", entgegnete mein Freund, peinlich berührt von der Aufmerksamkeit, die ich durch meinen Aufschrei erregt hatte. „Ganz ehrlich, so etwas Hässliches habe ich noch nie gesehen", versicherte ich ihm. „Bleib ruhig noch da, du findest mich dann bei den Eseln", teilte ich ihm mit und wandte mich zum Gehen.

Wenig später stand ich glücklich vor meinen Lieblingstieren. Die Konkurrenz um deren Aufmerksamkeit war jedoch groß, ich war von Kindern jeden Alters und deren väterlichen und mütterlichen Begleitern umringt. „Müssen die sich überall vordrängeln", murmelte ich vor mich hin, „ich will auch mal." Just in diesem Moment hörte ich den Vater einer vierköpfigen Familie sagen: „Kommt jetzt Kinder, wir gehen weiter." Ja genau, geht weiter, am besten zu den hässlichen Truthähnen, dachte ich bei mir, da seid ihr mir wenigstens nicht im Weg. Kaum waren sie verschwunden, stürzte ich mich auf den freigewordenen Platz vor dem Zaun, bevor ihn mir die kleinen Kinder um mich herum streitig machen konnten. Entzückt tätschelte ich dem größeren der beiden Esel den Kopf, was diesem jedoch sichtlich missfiel. Mit angelegten Ohren stieß er meinen Arm beiseite und versuchte stattdessen, etwas aus meiner Futtertüte zu erhaschen. „Ihr seid also auch käuflich", sagte ich enttäuscht. „Wer ist käuflich?", hörte ich die Stimme meines Freundes hinter mir. „Die Esel hier, nicht mal die mögen's, wenn man sie streichelt", erklärte ich völlig desillusioniert. „Kein Wunder", sagte mein Freund, „du bist ja nicht die Einzige, die das will. Und manche meinen es vielleicht auch nicht so gut, bestimmt haben die auch schon schlechte Erfahrungen mit Menschen gemacht." „Ach ihr armen kleinen Butzis, hat man euch schlecht behandelt? Na kommt her, ich tue euch bestimmt nichts", redete ich beruhigend auf die Esel ein und hielt ihnen meine mit Futter gefüllte Hand hin. Insgeheim hoffte ich auf eine in mir verborgene Esel-Flüsterer-Fähigkeit. „Willst du auch mal?", bot ich meinem neben mir stehenden Freund großzügig an und reichte ihm eine Handvoll des von ihm bezahlten Futters. Nur zögernd hielt er es einem der Esel hin, doch bevor dieser es sich schnappen konnte, schrie ich auf und riss meinen Freund vom Zaun weg. Während sich das Futter über den Boden verteilte, sah mein Freund mich an und schimpfte: „Was soll denn das?" Wortlos zeigte ich auf das am seitlichen Gatter hängende Schild mit der Aufschrift „Bitte nicht füttern". Mein Freund betrachtete es eingehend, schaute dann zu den Eseln, zurück zum Schild, und wiederum zu den Eseln, bevor er zu dem Schluss kam: „Das auf dem Schild sind Pferde, keine Esel." Bei näherem Hinsehen musste ich ihm Recht geben, gab aber zu bedenken: „Ich sehe hier aber keine Pferde. Vielleicht sind doch die Esel gemeint." „Hm, möglicherweise sind sie krank und man darf sie deshalb nicht füttern." Ratlos standen wir vor dem Zaun, als einer der Esel erst laut rülpste und dann schnaubend seinen Naseninhalt auf uns verteilte. „Igitt", rief ich aus, „wenn der jetzt echt krank ist? Am Ende steckt er uns noch mit irgendetwas an."

Nach einem kurzen Abstecher auf die Toilette zum Händewaschen und Reinigen unserer T-Shirts – ich hatte die Gelegenheit heimlich auch zum Pinkeln genutzt – setzten wir unseren Rundgang fort. Mein Freund ging einige Schritte vor mir, als ich ihm zurief: „Halt mal, hier gibt es noch etwas Interessantes zu sehen." Ich deutete auf ein vor einem kleinen Waldstück aufgestelltes großes Holzschild, auf dem in dicken Lettern geschrieben stand: *Alte und abgestorbene Bäume als Lebensraum.* Darunter waren farbige Abbildungen von allerlei Insekten zu sehen. „Ich glaube ich habe gerade ein Déjà-vu", sagte ich zu ihm. „Das erinnert mich sehr an das Reisighaufen-Schild in dem anderen Wildpark. Mach mal ein Foto, das glaubt uns ja sonst keiner." Seufzend zog mein Freund sein Handy aus der Tasche und betätigte den Auslöser. „Zufrieden?", fragte er und begab sich zurück auf den Rundweg Richtung Schweinestall. Ich folgte ihm in einigem Abstand, noch immer ganz baff angesichts des spektakulären Anblicks der morschen Äste und Baumstümpfe. „Die sehen aus, als wäre jemand mitten beim Anmalen unterbrochen worden", merkte mein Freund kurz darauf an und zeigte auf die schwarz-pink gefleckten Schweine. Ich rümpfte nur die Nase und sagte: „Schweine sind langweilig. Ich gehe mal zu den Heidschnucken." „Heidschnucken? Was ist denn das?", schaute mich mein Freund verdutzt an. „Na, Schäfchen", erläuterte ich und entfernte mich vom Schweinestall, hocherfreut, mal mehr zu wissen als mein Freund. Leider war die Schafsweide dermaßen weitläufig, dass die Schafe gerade noch als solche zu erkennen waren, von Streicheln oder Füttern jedoch keine Rede sein konnte. „So ein blöder Wildpark", maulte ich an meinen Freund gewandt, der mir gefolgt war. „Wir könnten ja noch zu den Kühen gehen", schlug er vor. „Kühe habe ich ja schon tausendmal gesehen, außerdem kann man die bestimmt auch nicht streicheln", gab ich zur Antwort. „Tja, dann bleiben nur noch die Wildschweine", sagte er und lief los. Begeistert zeigte er vor dem Wildschweingehege stehend auf ein riesiges Exemplar, wohl das Alphamännchen, und meinte: „Damit könnte eine 3- bis 4-köpfige Familie locker durch den Winter kommen." Entgeistert schaute ich ihn an: „Du redest doch jetzt nicht etwa davon, dieses Viech zu essen?" „Warum denn nicht? In Deutschland haben wir sowieso zu viele Wildschweine. Und lecker sind sie ja." Ich stellte mir gerade vor, wie mein Freund obelixmäßig auf Wildschweinjagd geht, als er mich jäh aus meinen Gedanken riss, mich am Arm packte und rief: „Vorsicht, geh nicht zu nah ran, die können beißen." Wie aufmerksam von ihm! Ich lächelte ihn an und sagte: „Stimmt, der Keiler hat ganz schön lange Stoßzähne." Das Lächeln verging mir jedoch, als mein Freund mich tadelnd ansah und meinte: „Schatz, das sind doch keine Stoßzähne, es handelt sich hier schließlich nicht um einen Elefanten. Die Eckzähne des männlichen Wildschweins werden in der Jägersprache als *Gewaff* bezeichnet und sind eine begehrte Jagdtrophäe." Hört, hört, dachte ich bei mir, und sagte leicht beleidigt: „Du könntest ruhig ein bisschen nachsichtiger sein, ich bin schließlich eine Frau und interessiere mich nicht im Geringsten für die Jagd." Bevor mein Freund auf das von ihm heißgeliebte Thema Männer und Frauen und deren Verhaltensunterschiede eingehen konnte, zog ich ihn mit den Worten „Schau, die Schlange am Pommesstand ist jetzt viel kürzer" vom Wildschweingehege weg. Da er nach dem kleinen Happen Eis, den ich ihm übriggelassen hatte, noch immer hungrig war, ließ er sich darauf ein. Während er sich seine Pommes holte, suchte ich erneut die von Kindern völlig überfüllte Toilette auf. Quengelnd bedrängten sie ihre Mütter, ihnen doch noch ein Eis, Tierfutter oder sonstwas zu kaufen. Die sind aber auch nervig, dachte ich, immer wollen sie irgendetwas haben. Kurz darauf kam ich aufgeregt zu meinem Freund zurück, klaute ihm ein paar Pommes, nicht ohne mich darüber zu beschweren, dass sie in Ketschup getränkt waren, welches ich verabscheue, und fragte mit bettelnder Stimme: „Duuu, schenkst du mir was? Ich habe am Eingang gerade ein total süßes Frettchen-Kuscheltier gesehen, kaufst du mir das?" „Ich dachte, du magst keine Frettchen", erwiderte mein Freund. „Ja schon, zumindest die echten nicht, aber die Plüschfassung ist so süß!" Doch mein Freund ließ sich nicht erweichen und sagte nur: „Da musst du dir schon ein anderes Tier aussuchen, dann können wir darüber reden." „Ich will aber kein anderes, ich will dieses", antwortete ich mit weinerlicher Stimme, „bitte!" Ich bekam nur ein „Kommt nicht in Frage" von ihm zu hören, woraufhin ich wütend mit dem Fuß aufstampfte und ihm an den Kopf warf: „Du bist gemein." „Und du verhältst dich wie ein Kleinkind", konterte er und machte sich auf den Weg zum Ausgang. Beleidigt blieb ich stehen, nur um meinen Freund aus der Ferne rufen zu hören: „Wenn du jetzt nicht mitkommst, fährt der Papa alleine nach Hause." Mit dem gehe ich nicht mehr in den Zoo.

Das Sprach(v)erkennungsprogramm

ICH bin Microsoft unendlich dankbar. Sie fragen sich sicher, wofür, sooft wie bei dem von ihm hergestellten Betriebssystem irgendetwas nicht funktioniert. Doch seit Windows 7 gibt es ein integriertes Spracherkennungsprogramm, welches nicht nur zum Diktieren von Texten benutzt werden kann, sondern auch zum Steuern des gesamten Computers. Soweit die Theorie. In der Praxis sieht das Ganze schon etwas anders aus und die Benutzung erfordert ein hohes Maß an Geduld und Ausdauer, nicht gerade meine Stärken. Aber von vorne. Ich war schon drauf und dran mir für viel Geld ein Spracherkennungsprogramm zu kaufen, als mein Freund mir mitteilte, dass das neue Windows, welches er vor Kurzem auf meinem Computer installiert hatte, über ein solches verfügt. Und zwar ohne dafür extra bezahlen zu müssen. Ich war begeistert. Zumindest am Anfang. Nachdem ich das Spracherkennungs-Kennenlern-Programm mehrmals absolviert hatte, damit sich das System an meine Stimme gewöhnt und ich mich an die zu verwendenden Befehle, dachte ich eigentlich, dass ich es im Anschluss problemlos benutzen könnte. Aber falsch gedacht, bereits beim Starten des Sprachprogramms begannen die Schwierigkeiten. Zur Sicherheit hatte ich mir die Liste mit sämtlichen häufig vorkommenden Befehlen ausgedruckt, um jederzeit nachschauen zu können, sollte einmal etwas nicht funktionieren. Laut Liste war das Programm durch die Äußerung „Zuhören starten" in Betrieb zu nehmen. Auf meine gleichlautende Aufforderung hin tat sich jedoch nichts. Ich versuchte es erneut, diesmal etwas lauter. Wieder nichts. Beim dritten Versuch bemühte ich mich, jede Silbe überdeutlich auszusprechen, was abermals nicht von Erfolg gekrönt war. Auf dem kleinen Spracherkennungs-Bildschirm, auf welchem man den Status des Programms ablesen kann, erschien jedes Mal nur ein „Wie bitte?", begleitet von einem fragend klingenden Ton, welcher von dem Schriftzug „Ruhezustand" abgelöst wurde. Vielleicht war mein Headset nicht richtig angeschlossen. Ich steckte es also aus und gleich darauf wieder ein, dabei auf die richtige Farbkombination der kleinen Steckerchen achtend. Keine Reaktion von Seiten des Programms. Daraufhin führte ich einen Soundcheck durch, um die Funktionsfähigkeit meines Headsets zu überprüfen, welcher positiv ausfiel. Daran konnte es also auch nicht liegen. Nun probierte es mein Freund, der mir zu Hilfe geeilt war. Als ob das Programm eher auf ihn hören würde als auf mich. Mit einem triumphierenden „Siehst du" kommentierte ich denn auch sein Scheitern. Zwar hätte ich das Ding gerne zum Laufen gebracht, wäre jedoch peinlich berührt gewesen, hätte es nun bei ihm funktioniert, wie das so oft der Fall ist, wenn ich ihn bei Computerproblemen zu Hilfe rufe. Sie kennen das ja, der berüchtigte Vorführeffekt. Gemeinsam gingen wir noch einmal die vor uns liegenden Sprachbefehle durch. Eindeutig, da stand es: „Zum Zwecke des Startens der Spracherkennung sagen Sie *Zuhören starten*". Ich weiß nicht mehr, wer von uns beiden auf die glorreiche Idee kam, die Druckversion mit der virtuellen zu vergleichen, insgeheim hoffe ich natürlich, dass ich es war. Tatsache ist jedoch, dass dort ein anderer Befehl vorgegeben wurde, nämlich „Jetzt zuhören". Nun erinnerte ich mich auch, dass ich das Programm mit diesem Befehl bereits einmal zum Laufen gebracht hatte. Sogleich probierten wir es aus und siehe da, es sprang an! „Wahrscheinlich haben sie das mal wieder falsch aus dem Englischen übersetzt, da heißt es wahrscheinlich so etwas wie *start listening,* was sie dann mit *Zuhören starten* wiedergegeben haben, typisch!", war der Kommentar meines Freundes. Ein wirklich peinlicher und vor allem gravierender Fehler seitens der Hersteller-firma, wie ich finde. Doch die Freude über den gelunge-nen Einstieg siegte, zumindest bei mir. Nun konnte es also losgehen. Obwohl mich zwar die Computersteuerung auch interessierte, wollte ich zu allererst die Diktierfunktion ausprobieren. Ich öffnete also, mittels Spracherkennung, ein neues Word-Dokument und legte los. Mein erster Satz sollte lauten: „Ich habe heute eine Kuh mit schönem Fell gesehen, dazu noch ein Kälbchen, das müsst ihr euch un-bedingt anschauen." Heraus kam Folgendes: „Ich haben heute einen Coup mit schönen Fällen gesehen, dazu doch eine Päpstin, den Mist Ihr Euch und bedenkt Anschauung." Ungläubig starrte ich auf den Bildschirm. Wozu hatte ich denn nun so lange geübt? Ich dachte, das Ding hätte sich an meine Aussprache gewöhnt! Also gleich noch einmal. Dies-mal erschien statt des Wortes *Kuh* der Buchstabe *Q* und *Fell* wurde mit *Fan* wiedergegeben. Ein Kälbchen tauchte auch diesmal wieder nicht auf, stattdessen wurde mir *Käppchen, Kettchen, Kärtchen* und *Käthchen* vorgeschlagen. Auch die Großschreibung der Personalpronomen *ihr* und *euch* miss-fiel mir. Ich versuchte es mit einem anderen Satz. Diesmal wollte ich schreiben: „Ich bin gleich da, warte auf mich."

Erschrocken las ich: „Ich bin gleich gar, warte auf Milch."
Unverschämtheit, bin gleich gar, als ob ich ein Stück Gemüse wäre, das es zu kochen gilt! Und *mich* mit *Milch* zu
verwechseln, also wirklich! Nachdem ich alles per Hand zu
meiner Zufriedenheit geändert hatte, gab ich ein: „Stephan
könnte mit mir gehen." Mit Entsetzen stellte ich fest, dass
das Programm dies in „Täter köpfte mit Mia im Gehen" über-
setzte. Das wurde ja immer brutaler, erst sollte ich auf kan-
nibalistische Art und Weise gegart werden und nun wurde
auch noch jemand geköpft! Dazu passend erschien gleich
darauf der Satz: „Er wollte mich umfahren", obwohl ich eindeutig „rumfahren" gesagt hatte. Ich hatte eigentlich nicht
vorgehabt, einen Krimi zu schreiben, doch nachdem „Ich
bummelte herum" zu „Ich baumelte herum", „Die Murmel
rollt am Boden" zu „Die Mumie rollt am Boden" und „Jetzt
komm her" zu „Jetzt kommt das Heer" wurde, war ich mir
dessen nicht mehr so sicher. Der absolute Knüller aber
war folgende Aussage: „Mit einem mörderischen Schnauben fragte er, ob die Leichen das wohl mögen". Eigentlich
hätte es *die Reichen* und *mürrisches Schnauben* heißen
sollen. Wahlweise wurde mir auch ein *lyrisches* sowie ein
närrisches Schnauben angeboten. Während ich mir das
Ganze so durchlas, kam ich auf die Idee, die unkorrigierten
Sätze einfach so stehen zu lassen, das Sprachprogramm
sozusagen seine eigene Geschichte schreiben zu lassen.
Hier also die unzensierte und ungekürzte Version einer an
sich friedlichen Kurzgeschichte:

Eine Magensonde hinterher

„Einmal ein Widderjunges sein", seufzte sie, wären sie auf
dem Kautschuk Sarg. „Nimm doch was von diesen drei Ge-

nies, die wirken Ware Wunden." „Davon werde ich immer ganz tot im Gesicht. Außerdem habe ich keinen Hammer." „Was hat denn Homer damit zu tun?", wollte eher Wissen. „Ich Cannes 30 Ws nur mit Essen nehmen, dass Weiße jedoch", sagte sie geheizt. „Ich Beutetier fuhr Lebendvieh Hälften", ok?", erwiderte er lyrisch. „Bouquet? Nichts ist OB. Ich bin wirklich drahtlos", jammerte sie. „Letzte Woche ich erst mal las", Büro liegt in Sicht. „Laich liebt es Wasser." „Ich gehe so lange buddeln", erklärte sie. „Schon wieder Hummeln, du hast doch schon genug kleine Motten. Oder gehst du etwa wieder zum Clown?" „Also ehelich, traust du Miele gar nicht? Ich gehe nur zur neuen Bovary. Soll ich Bier Fass mitbringen?" „Ich brauche noch Spitzel Sony Schurken. Bring Niere dann mit. Ach ja, und Schiiten." „Ich halte aber nichts von Plastiktypen." „Dann nimm eben Stofftypen", sagte er, während C den Traum verließ. „Hobbit", rief er ihr hinterher, „nimm eine Tatze!" „Quatsch, ich gehe zu Food." „Widersprichst du Miró etwa, war das ein ein Mann?" Doch sie hatte die Tour bereits hinter sich zu Buche geschlagen. „Nie hurt sie mehr zu. Dann mache ich jetzt erst mal Fiesta auf meinem Ufer, auf dem aus Klapp Barren, das ist between, Elchpygmäen. Was will der Mensch Meer?" An diesem. Könnte die Geschichte zu Ende sein, doch kurz Garaus Chiemsee vom boomen zurück. „Hasst du etwa die ganze Leid des Larven?", wollte sie geschärft Wissen, während sie ihn ihren haltbaren Regenwurm auf den Kopf schlug. „Ich dachte du wolltest Knochen? Hast du wenigstens die Karpfen gefüttert?" „Was, wo binde ich, und wer bist du?", fragte er verirrt. „Ich Benz, deine Freundin, keine große Lire", sagte sie, nur um dann mit dem blauen

Ford zu fahren. „Ich habe doch nur CineStar gemacht, ich war eben Rüde", verkeilte er sich. „Außerdem habe ich den Karpfen ein Schluck Most gegeben." „Ich finde dass Kannibale isst Tisch, die sollen Biber vegetarisch essen." „Acht, jetzt bin ich schön, wie immer. Wieso die Öfen die denn kein Fleischermesser? Die haben bestimmt Seensucht danach." „Ich wheel es Abo nicht, Ende der Diskus Union!", er witterte sie energetisch. „Wenn du nicht gemocht Haft, müssen wir eben Boot mit Kutter Ästen, ich habe nämlich jetzt Ruhr." „Acht, jetzt auf einmal hast du Kummer. Dann lass uns einen schöner holen, es ist nur noch verstümmeltes Brot da und Götter kann ich nicht Leiden." „G du, Bin Laden war so voll, den Elch kaputt", entgegnete sie. „Na gut", antwortete er, „dann bis Scheich. Magst du Schaf oder eher nicht?" „Wenig Schlaf. Und mir kannst du einen Mini Dynamit bringen, so viele Hummer habe ich auch wieder nicht. Derweil rufe ich da nie an, vielleicht will sie nachher mit an den Stadtrand zum Schwitzen." „Du spinnst doch gar nicht Därme. Außerdem waren wir doch erst letzte Roche am Statusstrand", sagte er genervt. „Noch dazu hast du gesaugt, deine Figur wäre nicht öffentlich Calls Trau dich." „Willst du etwa enthaupten, ich wäre fit? Ich bin echt dicht!", schnaubte sie verstört. Nirgendwie fühlte sie sich produziert. Doch er hatte die Schonung bereits verlassen und konnte ihren Hutausbruch nicht hören. So machte sie sich also daran, dass trag Bahre Telefon Unterwäsche bergen und Zeitungs stapeln zu suchen. Da sie ist nicht finden konnte, musste sie wohl oder übel auf Skalp ausweichen. Dazu war es jedoch nötig, die Funktionsfähigkeit ihres Herzens zu überprüfen. Alles in Ohrdung. „Typisch, dass die wieder nicht ablehnt", murmelte sie vor sich hin, während sie dem endlosen Klüngel lauschte. „Bist Blues?", fragte sie als endlich jemand abnorm. „Ich störe dich so schlecht, scheiß Kalb! Was ist denn das für eine Devisen?" „Die Wies'n? Ach, du meinst sicher Rufus, meinen blinden Hund. Ich bin gerade mit ihm bei den Lämpchen, er springt gerade auf seinem Lieblings Hohlbein herum", erläuterte ihre Gesprächspartner rennen. „Welche Neuwahlen denn? Du meinst die auf der Weide von dem Esel Sven?" „Nein, Esel Fans gibt es hier nicht, nur Männchen. Ich liebe meine Chefin, wichtige Saunenanbieter! Den ganzen Tag liegen sie Ziel ist klar machend in der Tonne, beneidenswert!" „Sie ist da kommt beim ihrer später, erst mal müssen wir noch Mittag essen", erklärte sie ihrer Freundin. „Um die Urzeit?! Nathan mal Zeit." „Jahr ich weiß, es ist schon Specht, aber mein Freund braucht mal wieder so lange zum Einlaufen. Er wollte Hühner holen." Daraufhin meinten ihrer Freundin Truppen: „Tag, ich habe die immer gesagt, dass er nichts für dich ist. Mit unseren Federn müssen wir nun eben Leben. Da fällt so mancher Speer. Aber David noch Jungen sind... Dennis wird mit dem Alter bestimmt Späher." „Weinst du? Naja, wie dem auch sei, an den Staatsstrand kommst du dann wohl nicht mit", wollte sie küssen. „Er nicht. Ich muss mir auch noch die Felgen ziehen lassen, habe mir doch einen lieber Fleck weg machen lassen." „Schabe. Ach eines noch: Hast du faltbare Milch? Unsere ist alt. Habe beim schummeln vergessen welche zu kaufen." „Noon, ich glaube nicht." „Macht nichts. O., Ich höre E gerade meinen Freund sein Kommen, muss jetzt Schuss machen. Bis bald", sagte sie und lehnte auf. „Hallo mein Scherz, ich bin wieder da. Ich habe noch einen bitteren Nachttisch mitgebracht. Und weißt du, wen ich gesehen habe? Fergie! Unglaublich, oder? Sah echt aus wie das Original, sogar mit Internet Tiere des Lichts!", erzählte er entgeistert. „Bambi, dass ich nicht lache. Jetzt Schnee nicht so Rum, park das Essen aus und weck den Tisch. Ich sterbe inzwischen vor Römern", wies sie ihn an. „Ich glaube du solltest mal Brust Theokratie ausprobieren, du bist immer so gestreng", schlug er vor. „Ost Theokratie, so ein Unsinn. Außerdem bin ich im Tal verletzt. Du könntest ruhig ein bisschen L'Oreal sein, immer mit Castro Annäherung, erst das mit dem Kick sein und jetzt das!" „Das Zelt nicht, dass weil er ein Missverständnis, ich habe nie behauptet, du wettest über Gewicht", vereidigte er sich. „Jetzt lass uns einfach in Rohre essen, sonst werden die Kinder noch kalt." „Wie viel haben die überhaupt gekotzt", wollte sie wissen. „Nicht so viel. So sieben Pro. Aber ich kriege insgesamt noch Sex von dir, von letztem Mal, wo du nicht bezahlen wolltest." „Mann bist du peinlich. Da hast du deine Miete. Muss ich vielleicht auch noch Linsen zahlen? Ein Lätzchen wolltest du mir ja auch nicht schenken, und auch keine elf Yen. Du bist nicht im Main. Ich gehe jetzt in die Sonde", sagte sie Enzyme und malte ihm das Geld auf den Tisch. Wenig später hörte sie von Trainern eine Laute pusten, dass mit der Zeit immer lauer wurde und schließlich in ein erschricktes Kordelchen überging. „Muss wohl an den Schafen liegen", dachte sie eisig. „Ich haue wohl besser Mal nach ihm." Als sie hineinkam, war er bereits ganz tot. Die Rippen waren schon bläulich eingelaufen. Doch unglücklicherweise konnte sie ihn gerade noch vor dem in ihm wohnenden Erstickungstod schleppen. „Kurt sei Dank, du webst! Ich dachte schon, ich müsste in Zugluft alleine in der Sonde sitzen. Da verzichte ich lieber auf ein Lächeln als auf meinen Feind." Übergewichtig nahm sie ihn an den Haaren. Nach kurzem Überleben meinte sie: „Anderseits, jetzt wo ich dich gekettet habe, schwul des dummes Javas. Das ist sozusagen eine Frage der Ähre, dass die mir jetzt einen Punsch einfüllt. Ich denke, ein Kerzchen wäre als Dank angebrannt." Kaum hatte sie die Sorte angesprochen, gab ihr Freund erneut Erstickungsflaute von sich und vertrete die Augen. Doch sie pachtete gar nicht weiter daraus unüberlegte Stadt dessen, welche Narbe ihr Herzchen haben sollte. Und wenn er echt gestorben ist, dann kleben sie noch heute zusammen. Mit Kettchen.

Falls Sie jetzt nur Bauernhof bzw. Bahnhof verstanden haben, so kann ich Sie beruhigen, im Anschluss finden Sie die wahre Geschichte. Doch vielleicht konnten Sie sich ein Bild davon machen, was ich hier beim Geschichten-Schreiben Tag für Tag durchmache. Auch wenn mich die Satzverstümmelungen oft genug zum Lachen bringen, so bedeuten sie doch ein erhebliches Mehr an Arbeitsaufwand. Jede Geschichte muss ich nach deren Niederschreibung sofort korrigieren, sonst weiß ich am Ende selbst nicht mehr, was ich eigentlich sagen wollte. Eine Zeitersparnis ist das Ganze nicht, tippen geht eindeutig schneller. Es ist sogar schon vorgekommen, dass ich eine Geschichte komplett neu schreiben musste, nur weil das Programm mich falsch verstanden hat. Will man ein Wort korrigieren bzw. löschen, so gibt man nämlich den Befehl *Wort korrigieren* bzw. *Wort löschen*. In diesem Fall wollte ich das Wort *als* löschen, woraufhin ich plötzlich vor einem leeren Bildschirm saß. Das

Programm hatte *ALLES löschen* verstanden und dies auch ohne Rückversicherung ausgeführt. Ein anderes Mal wollte ich einen Satz kursiv setzen, was das Programm nicht als Aufforderung, sondern als Diktat verstand und dementsprechend schrieb: *kursiv* bzw. *Kohl sieht*. Auch mit dem Wort *er* habe ich bzw. hat das Spracherkennungsprogramm so seine Probleme. In 90% der Fälle erscheint *eher*, manchmal auch *R, r* oder *Air*. Nur wenn ich das *E* eher wie ein Ä ausspreche, wird das Wort erkannt. Möchte ich dann wiederum ein Wort buchstabieren, welches ein Ä enthält, bekomme ich regelmäßig ein *L* geboten. So sitze ich dann da und versuche unter Einsatz all meiner an Formung und Aussprache eines Wortes beteiligten Organe und Körperteile ein wohlklingendes Ä zu erzeugen. Das hört sich dann ungefähr so an: Ä, Äh, ÄÄh, ÄÄhh, ÄÄÄHH!!!!! Wenn jemand mich hört, denkt er wahrscheinlich, ich übe mich im Imitieren von Tierstimmen. Manchmal bin ich so gestresst, dass ich anfange, das Programm anzuschreien und zu beleidigen. Häufigster Anlass dafür ist das Wort *mir*, welches praktisch nie richtig wiedergegeben wird. Stattdessen erscheint eine lange Liste mit Vorschlägen wie: *Niere, Mia, Nil, Miele, Miró* oder *vier, wir, näher, mehr*. Ganz entspannt will ich z.B. den Satz „Er seufzte: `Mit mir nicht`", schreiben. Wenn dann so etwas wie „R. Ersäufte: `Mit Mia nicht´" herauskommt, und das zum hundertsten Mal, kann ich meine Wut nicht mehr zurückhalten. Ich explodiere: „So ein scheiß Programm, jetzt leck mich doch am Arsch, du regst mich echt auf!", schreie ich dann. Und was macht das Programm? Es reagiert mit einem höflichen „Wie bitte?" Das ist ja wohl der Gipfel! „Da brauchst du gar nicht so blöd fragen, hör lieber gescheit zu, du Idiot!", fahre ich es daraufhin an. Die Personifizierung des Programms macht es einfacher, sich mit ihm zu streiten. Aber das Ding geht ja gar nicht darauf ein, wodurch ich mich nur noch mehr provoziert fühle und so etwas rufe wie: „Ich flipp' echt gleich aus, so blöd kann man doch gar nicht sein!" Das Programm versucht verzweifelt, meine Sätze irgendwie in geschriebene Sprache zu übersetzen, was mich zu weiteren Wutausbrüchen veranlasst. Während ich angesichts des dabei herauskommenden Kauderwelschs regelmäßig in hysterisches Gelächter ausbreche, schreibt das Programm munter weiter drauflos. Dann bin ich echt am Ende und lasse einen letzten Schrei los, woraufhin das Programm einfach die Seite schließt und eine neue aufmacht. Einem Nervenzusammenbruch nahe rufe ich in solch einer Situation meinen Freund an, um mich bei ihm zu beschweren, schließlich hat er mir das neue Windows angedreht, ich war mit dem alten hochzufrieden. Die Tatsache, dass es keine Spracherkennung hatte, die ich jedoch unbedingt haben wollte, verdränge ich dabei. Während ich mit ihm telefoniere und ihm mein Leid klage, hört das Sprachprogramm doch tatsächlich unser Gespräch mit und schreibt verschiedene Wortfetzen auf. Das gibt mir den Rest. Völlig entnervt lege ich dann auf, wobei ich mich nicht mehr nur von meinem Spracherkennungsprogramm unverstanden fühle, sondern auch von meinem Freund, der jegliche Schuld von sich weist und mir wie immer rät: „Ein bisschen Geduld musst du schon haben." Geduld, dass ich nicht lache! Eine Engelsgeduld habe ich mit dem scheiß Programm gehabt, alle Wörter deutlich und sauber ausgesprochen, geduldig Sätze wiederholt und überdeutlich und langsam buchstabiert. Aber das Ding will einfach nicht, das mag mich aus irgendeinem Grund nicht. Dabei habe ich ihm doch gar nichts getan! Vielleicht ist es bei ihm wie mit den Männern, die können ja anscheinend Frauen deshalb so schlecht zuhören, da diese zum Teil in für ihre Ohren zu hohen Frequenzen sprechen. Was ich allerdings für ein Ammenmärchen halte.

Wenn dann auch noch beim Benutzen von Facebook Probleme auftreten, da jedes Mal, wenn ich beim Schreiben einer Nachricht *Punkt* sage, mein geschriebener Text verschwindet und eine neue Seite aufgeht und das Programm beim Diktieren eines Vornamens auf die Seite der besagten Person wechselt, fühle ich mich langsam wirklich persönlich angegriffen. Auch das E-Mail-Schreiben funktioniert nicht besser. Wie oft schon habe ich meine Nachricht bis zu VIER MAL neu geschrieben, da sie immer kurz vor der Fertigstellung auf mysteriöse Art und Weise verschwand, davon abgesehen, dass die Empfänger meiner E-Mails angesichts der zahlreichen Rechtschreibfehler und Verwechslungen von Dativ und Akkusativ denken müssen, ich sei Analphabetin. Falls Sie also einmal in einer meiner Geschichten Rechtschreib- oder Grammatikfehler entdecken, ist es die Schuld dieses ignoranten Programmes, kein Zweifel. Aufpassen muss ich auch, wenn sich eine weitere Person im Raum befindet und ich vergessen habe, die Spracherkennung auszuschalten. Wenn sie mich dann anspricht oder sich mit mir unterhält, kann es schon mal vorkommen, dass sich mein Computer selbstständig macht und einfach irgendwelche Programme startet, Fenster öffnet und schließt oder im Internet die Seiten wechselt bzw. neue öffnet, bevorzugt

Werbeanzeigen, und ich gerade noch den Kauf eines von mir nicht gewollten Produktes verhindern kann.

Des Öfteren habe ich auch schon mitten in einem meiner Texte seltsame Buchstabenkombinationen oder Ausdrücke gefunden, wie z.B. *PFFFFFF* oder *Oh Mann*, die wohl von genervten Ausrufen meinerseits stammen müssen. Manchmal finde ich auch ein *Ja bitte?* oder meinen Nachnamen, was wohl auf das Annehmen eines Telefonats hindeutet, wobei ich auch hierbei vergessen zu haben scheine, vorher das Spracherkennungsprogramm in den Ruhezustand zu versetzen. Nicht selten erscheint auch das Wort *Datei*, welches ich eigentlich als Sprachbefehl zum Öffnen der Registerkarte *Datei* benutzen wollte. Ab und zu, wenn auch recht selten, geschehen jedoch auch gute Dinge. Erst letztens war ich positiv überrascht, als das Programm doch tatsächlich das Wort *Heidschnucken* erkannte, was nicht mal mein Freund kennt. Da hat es Probleme mit den einfachsten Ausdrücken, mit Personalpronomen und Präpositionen, und kennt dann ein so selten benutztes Wort. Erstaunlich. Wirklich baff war ich, als es doch tatsächlich neben *George Bush* auch *Brad Pitt, Jennifer Aniston* sowie *Julia Roberts* orthographisch einwandfrei wiedergab. Ich wusste gar nicht, dass das Ding auch Englisch kann. Übermütig versuchte ich es sogleich mit *Barak Obama, George Clooney, Tom Cruise, Salma Hayek* und *Penélope Cruz*. Doch ich hatte mich wohl zu früh gefreut und möchte an dieser Stelle betonen, dass nicht ich für die Verhunzung dieser schönen Namen verantwortlich bin. Denn heraus kam: *Barak Oberarm, George Juni, Avom Fuß, Sammer Heieck* und *Benelux Equus*. Naja, dass es kein Spanisch kann, hätte ich mir denken können, aber Englisch...

Apropos Spanisch: Da ich auch öfter auf Spanisch schreibe, ich habe ja eine romanistische Ausbildung (laut Sprachprogramm eine *Roman isst Fische*), hat mein Freund mir das Ganze auch noch auf Spanisch eingerichtet. Sie erinnern sich, er ist Softwareentwickler. Ich war wirklich fasziniert, als er mir erklärte, er habe eine virtuelle Maschine geschaffen, unter der ich nun auch spanische Texte diktieren könne. Allerdings nur im Wechsel, entweder Deutsch unter meinem normalen Betriebssystem oder Spanisch in einer Art virtuellem zweiten Betriebssystem. Meine anfängliche Begeisterung legte sich recht schnell, als ich das besagte System zum ersten Mal benutzen wollte. Nach einer mir endlos scheinenden Zeitspanne hatte es sich endlich hochgefahren und war bereit, meine Befehle zu empfangen. Dachte ich. Da die Umsetzung der Befehle jedoch dermaßen langsam ging, glaubte ich, das Programm könne mich nicht verstehen und wiederholte selbige in regelmäßigen Abständen. Ich konnte ja nicht wissen, dass das Programm mit der Umsetzung nur im Rückstand war und verzweifelt versuchte, nun alle meine Befehle samt Wiederholungen zu bearbeiten. Durch die Überlastung an eingegebenen Befehlen reagierte das System schließlich überhaupt nicht mehr und brach regelrecht zusammen. Viel hätte mir die Benutzung eh nicht gebracht, wie ich eine Weile später feststellte, als ich das Programm durch Ausübung einer meiner mir bis dahin nicht bekannten Tugenden, der Geduld, zum Laufen brachte. Denn die spanische Ausgabe verstand noch weniger als sein deutsches Pendant und das Diktat zog sich dermaßen in die Länge, dass ich schließlich aufgab.

„So", sagte ich in unnachgiebigem Ton, „jetzt reicht es mir. Ich schalte dich jetzt aus." Mit einem hämischen Grinsen drückte ich auf den Schließen-Button und beobachtete zufrieden, wie der kleine Bildschirm des Programms in den virtuellen Tiefen des Computers versank. Endlich Ruhe. Dennoch bin ich am Überlegen, ob ich Microsoft nicht einen Beschwerdebrief schicken soll. In der unkorrigierten Originalversion natürlich.

Anhang: Hier wie versprochen die Originalversion der durch das Sprach(v)erkennungsprogramm leicht abgeänderten Kurzgeschichte:

<u>Einmal der Sonne hinterher</u>

„Einmal wieder jung sein", seufzte sie, während sie auf der Couch lag. „Nimm doch was von diesen Dragees, die wirken wahre Wunder." „Davon werde ich immer ganz rot im Gesicht. Außerdem habe ich keinen Hunger." „Was hat denn Hunger damit zu tun?", wollte er wissen. „Ich kann Dragees nur mit Essen nehmen, das weißt du doch", antwortete sie gereizt. „Ich wollte dir nur irgendwie helfen, ok", erwiderte er mürrisch. „ok? Nichts ist ok. Ich bin wirklich ratlos", jammerte sie. „Jetzt koche ich erstmal was", beruhigte er sie. „Gleich gibt es was." „Ich gehe so lange Bummeln", erklärte sie. „Schon wieder Bummeln, du hast doch schon genug Klamotten. Oder gehst du etwa wieder zum Klauen?" „Also ehrlich, traust du mir gar nicht? Ich gehe nur zur neuen Drogerie. Soll ich dir was mitbringen?" „Ich brauche noch Schnitzel sowie Gurken. Bring mir das mit. Ach ja, und Tüten." „Ich halte aber nichts von Plastiktüten." „Dann nimm eben Stofftüten", sagte er, während sie den Raum verließ. „Halt", rief er ihr hinterher, „nimm eine Taxe!" „Quatsch, ich gehe zu Fuß." „Widersprichst du mir etwa, war das ein Einwand?" Doch sie hatte die Tür bereits hinter sich zugeschlagen. „Nie hört sie mir zu. Dann mache ich jetzt erstmal Siesta auf meinem Sofa, auf dem ausklappbaren, das ist bequem, echt bequem. Was will der Mensch mehr?" An diesem Punkt könnte die Geschichte zu Ende sein, doch kurz darauf kam sie vom Bummeln zurück. „Hast du etwa die ganze Zeit geschlafen?", wollte sie genervt wissen, während sie ihm ihren faltbaren Regenschirm auf den Kopf schlug. „Ich dachte, du wolltest kochen? Hast du wenigstens die Katzen gefüttert?" „Was, wo bin ich, und wer bist du?", fragte er verwirrt. „Ich bin's, deine Freundin, deine große Liebe", sagte sie, nur um dann mit dem Hauen fortzufahren. „Ich habe doch nur Siesta gemacht, ich war eben müde", verteidigte er sich. „Außerdem habe ich den Katzen ein Stück Wurst gegeben." „Ich finde das kannibalistisch, die sollen lieber vegetarisch essen." „Ach, jetzt bin ich schuld, wie immer. Wieso dürfen die denn kein Fleisch essen? Die haben bestimmt Sehnsucht danach." „Ich will es aber nicht, Ende der Diskussion!", erwiderte sie energisch. „Wenn du nichts gekocht hast, müssen wir eben Brot mit Butter essen, ich habe nämlich jetzt Hunger." „Ach, jetzt auf einmal hast du Hunger. Dann lass uns einen Döner holen, es ist nur noch verschimmeltes Brot da und Butter kann ich nicht leiden." „Geh du, der Laden war so voll, bin echt kaputt." „Na gut", antwortete er, „dann bis gleich. Magst du's scharf oder eher nicht?" „Wenig scharf. Und mir kannst du einen Mini-Döner mitbringen, so viel Hunger habe ich auch wieder nicht. Derweil rufe ich Dani an, vielleicht will sie nachher mit an den Stadtstrand zum Schwimmen." „Du schwimmst doch gar nicht gerne. Außerdem waren wir erst letzte Woche am Stadtstrand", sagte er genervt. „Noch dazu hast du gesagt, deine Figur wäre nicht öffentlichkeitstauglich." „Willst du etwa behaupten, ich wäre fett? Ich bin nicht dick!", schnaubte sie empört. Sie fühlte sich wirklich provoziert. Doch er hatte die Wohnung bereits verlassen und konnte ihren Wutausbruch nicht hören. So machte sie sich also daran, das tragbare Telefon unter Wäschebergen und Zeitungsstapeln zu suchen. Da sie es nicht finden konnte, musste sie wohl oder übel auf Skype ausweichen. Dazu war es jedoch nötig, die Funktionsfähigkeit ihres Headsets zu überprüfen. Alles in Ordnung. „Typisch, dass die wieder nicht abnimmt", murmelte sie vor sich hin, während sie dem endlosen Klingeln lauschte. „Bist du's?", fragte sie, als endlich jemand abnahm. „Ich höre dich so schlecht, scheiß Skype! Was ist denn das für ein Gewinsel?" „Gewinsel? Ach, du meinst sicher Rufus, meinen Blindenhund. Ich bin gerade mit ihm bei den Lämmchen, er springt gerade auf seinem Lieblings-Heuballen herum", erläuterte ihre Gesprächspartnerin. „Welche Heuballen denn? Du meinst die auf der Weide von den Eselchen?" „Nein, Eselchen gibt es hier nicht, nur Lämmchen. Ich liebe meine Schäfchen, richtige Sonnenanbeter! Den ganzen Tag liegen sie Siesta machend in der Sonne, beneidenswert!" „Siesta kommt bei mir später, erst mal müssen wir noch mittagessen", erklärte sie ihrer Freundin. „Um die Uhrzeit?! Na dann Mahlzeit." „Ja, ich weiß, es ist schon spät, aber mein Freund braucht mal wieder so lange zum Einkaufen. Er wollte Döner holen." Daraufhin meinte ihre Freundin trocken: „Tja, ich habe dir immer gesagt, dass er nichts für dich ist. Mit unseren Fehlern müssen wir nun eben leben. Das fällt so manchem schwer. Aber da wir noch jung sind… Denn es wird mit dem Alter bestimmt schwerer." „Meinst du? Naja, wie dem auch sei, an den Stadtstrand kommst du dann wohl nicht mit?", wollte sie wissen. „Eher nicht. Ich muss mir auch noch die Fäden ziehen lassen, , habe mir doch einen Leberfleck wegmachen lassen." „Schade. Ach eines noch: Hast du haltbare Milch? Unsere ist alle. Habe beim Bummeln vergessen, welche zu kaufen." „Nun, ich glaube nicht." „Macht nichts. Oh, ich höre eh gerade meinen Freund reinkommen, muss jetzt Schluss machen. Bis bald", sagte sie und legte auf. „Hallo mein Schatz, ich bin wieder da. Ich habe noch einen leckeren Nachtisch mitgebracht. Und weißt du, wen ich gesehen habe? Herbie! Unglaublich, oder? Sah echt aus wie das Original, sogar mit intermittierendem Licht!", erzählte er begeistert. „Herbie, dass ich nicht lache. Jetzt steh nicht so rum, pack das Essen aus und deck den Tisch. Ich sterbe inzwischen vor Hunger", wies sie ihn an. „Ich glaube du solltest mal Osteopathie ausprobieren, du bist immer so gestresst", schlug er vor. „Osteopathie, so ein Unsinn. Außerdem bin ich total relaxt. Du könntest ruhig ein bisschen loyal sein, immer meckerst du rum, erst das mit dem Dicksein und jetzt das!" „Das zählt nicht, das war ja ein Missverständnis, ich habe nie behauptet, du hättest Übergewicht", verteidigte er sich. „Jetzt lass uns einfach in Ruhe essen, sonst werden die Döner noch kalt." „Wie viel haben die überhaupt gekostet?", wollte sie wissen. „Nicht so viel. So 7,00 €. Aber ich kriege insgesamt noch sechs von dir, von letztem Mal, wo du nicht bezahlen wolltest." „Mann, bist du kleinlich. Da hast du deine Kne-te. Muss ich vielleicht auch noch Zinsen zahlen? Ein Kätz-chen wolltest du mir ja auch nicht schenken, und auch kein Äffchen. Du bist echt gemein. Ich gehe jetzt in die Sonne", sagte sie erzürnt und knallte ihm das Geld auf den Tisch. Wenig später hörte sie von drinnen ein lautes Husten, das mit der Zeit immer lauter wurde und schließlich in ein er-sticktes Keuchen überging. „Muss wohl an dem Scharfen liegen", dachte sie bei sich. „Ich schaue wohl besser mal nach ihm." Als sie hineinkam, war er bereits ganz rot. Die Lippen waren schon bläulich angelaufen. Doch glücklicher-weise konnte sie ihn gerade noch vor dem ihm drohenden Erstickungstod retten. „Gott sei Dank, du lebst! Ich dachte schon, ich müsste in Zukunft alleine in der Sonne sitzen. Da verzichte ich lieber auf ein Äffchen als auf meinen Freund." Überglücklich nahm sie ihn in den Arm. Nach kurzem Über-legen meinte sie: „Andererseits, jetzt wo ich dich gerettet habe, schuldest du mir ja was. Das ist sozusagen eine Frage der Ehre, dass du mir jetzt einen Wunsch erfüllst. Ich den-ke, ein Kätzchen wäre als Dank angebracht." Kaum hatte sie die Worte ausgesprochen, gab ihr Freund erneut Ersti-ckungslaute von sich und verdrehte die Augen. Doch sie achtete gar nicht weiter darauf und überlegte stattdessen, welche Farbe ihr Kätzchen haben sollte. Und wenn er nicht gestorben ist, dann leben sie noch heute zusammen. Mit Kätzchen.

Spielkind

„WANN lassen wir denn endlich mal wieder dein Rennauto fahren?", fragt mich mein Vater mit sehnsüchtiger Stimme. Angesichts der Tatsache, dass ich vor einem Monat meinen 30. Geburtstag gefeiert habe, eine eher unpassende Frage, wie ich finde. Andererseits kann ich mich gut daran erinnern, wie viel Spaß es früher gemacht hat, mein mir von meinem Vater geschenktes ferngesteuertes Rennauto über den Asphalt sausen zu lassen. Überhaupt habe ich für ein Mädchen erstaunlich gerne mit Autos gespielt, ich hatte eine ganze Sammlung. Puppen und Barbies natürlich auch, wobei ich schon bei meiner damaligen besten Freundin immer den Ken spielen musste. Und beim Spielen mit meiner Schwester war auch immer sie die Prinzessin und ich der Diener. Gemein. Dafür besaß ich Spielzeugautos in allen Formen und Farben und habe sie mit Vorliebe in Unfälle verwickelt und gegeneinander krachen lassen. Manchmal habe ich auch ausprobiert, aus welcher Höhe man sie fallen lassen kann, ohne dass sie kaputtgehen. Natürlich sind dabei einige der schönsten Exemplare draufgegangen, darunter ein wunderschöner gelber VW-Käfer, den ich passenderweise *Herbie* getauft hatte, weshalb ich auch glaubte, dass er so ziemlich alles überleben würde, was leider nicht der Fall war. Allerdings haben sich die Autos bei mir zu Familienverbänden zusammengeschlossen und manchmal zusammen Ausflüge gemacht, was dann wohl doch eher ein Mädchen-Ding ist. Ich habe ja den leisen Verdacht, dass mein Vater neben meiner Schwester, die sich so gar nicht mit Autos oder Ähnli-

chem beschäftigte, lieber einen Sohn gehabt hätte. So musste ich eben herhalten.

„Also was ist?", bohrt mein Vater da auch schon nach. „Ist
das überhaupt noch fahrtauglich?", will ich mit zweifelnder
Stimme wissen. „Natürlich, wir müssten nur die Akkus neu
laden." Das dürfte ja kein Problem sein, denke ich bei mir, da
mein Vater über mehrere unterschiedlich teure Ladegeräte
für alle gängigen Akku-Größen verfügt, vom Universal-La-
degerät bis hin zum ganz spezifischen Modell, in dem nur
ausgewählte Akkus geladen werden dürfen. Natürlich hat
er dementsprechend Akkus und Batterien in allen Stärken
und Größen. Nicht fehlen darf und tut ein spezielles Mess-
gerät, oder auch mehrere, welches den Ladezustand erfasst.
Meiner Erfahrung nach kann man sich allerdings nicht so
ganz auf die Gerätschaften meines Vaters verlassen. Wie oft
schon hat er uns Batterien oder Akkus für Wecker oder Ähnliches gegeben, die seiner Aussage nach nigelnagelneu waren, sozusagen in der Blüte ihres Lebens standen, und nach
deren Einsetzen die von uns benötigten Geräte entweder
gar nicht funktionierten oder schon nach kurzer Zeit wieder
den Geist aufgaben, was jedes Mal mit einem „Das kann gar
nicht sein, die habe ich gerade neu aus der Packung" oder
„Die sind frisch geladen und randvoll, ich habe es doch nach-
gemessen" seinerseits kommentiert wurde. Fragt sich nur,
wie lange die vorher schon rumlagen oder wie viel tausendmal sie bereits geladen wurden. Vor vielen Jahren habe ich
meinem Vater sogar einmal in mühevoller Kleinstarbeit eine
Batterie- und Akku-Aufbewahrungsschachtel gebastelt, die
durch eine Trennwand in zwei Fächer unterteilt war, eines
mit der Aufschrift „voll", das andere beschriftet mit „leer".

Da hinein sollte er die entsprechenden Akkus und Batterien einsortieren, was aus mir unerfindlichen Gründen nicht geklappt hat, und das bei diesem einfachen und doch genialen Sortiersystem. Wahrscheinlich war es nicht differenziert genug und ich hätte noch ein weiteres Fach mit „halbleer" oder gar noch eines mit „zu 2/3 leer" einbauen sollen. Das Problem ist natürlich auch, dass die Vollen mit der Zeit leerer werden, also irgendwann halbleer sind, und die Halbleeren ihrerseits irgendwann ganz leer sind. Man müsste also im Abstand von einigen Tagen ihren Zustand immer wieder neu erfassen, wobei ich mir meinen Vater bei dieser Tätigkeit sehr gut vorstellen kann. Manchmal glaube ich, das Laden und Messen macht ihm mehr Spaß als die Benutzung der Geräte, für die die Akkus bestimmt sind.

Auf jeden Fall packt mein Vater nun eines seiner vielen Ladegeräte aus und befüllt es mit der entsprechenden Anzahl an Akkus, die mein verstaubtes Rennauto benötigt. Nach einer Weile fragt er mich: „Siehst du, welche Zahl es anzeigt?" „650", antworte ich. „Was ist denn das, Volt?" „Um Gottes Willen, nein", ruft er entsetzt, „das sind Milli-Ampere, eine Akkuzelle an sich hat doch nur 1,2 Volt. Da wäre uns längst alles um die Ohren geflogen." Wie peinlich. Während wir warten, fällt meinem Vater ein, dass er ja in der Zwischenzeit seinen ferngesteuerten Hubschrauber fliegen lassen könnte. Natürlich nur den kleinen, den für drinnen. Mit dem Großen muss er erst noch üben, wozu ihm jedoch nicht nur die Zeit, sondern vor allem ein geeigneter Ort fehlt. Es sollte ja möglichst ein freies Feld oder z.B. ein Sportplatz sein, wobei Rasen dem härteren Asphalt vorzuziehen ist. In jedem Fall eine baumfreie Zone, wie sie unser Garten leider nicht darstellt. Da das Wetter aber so schön ist und man dies schließlich ausnutzen muss, beschließt mein Vater, es doch draußen zu versuchen, die Warnungen des Herstellers geflissentlich ignorierend. Keine gute Idee, wie sich wenig später herausstellt, als der Hubschrauber zum wiederholten Male abdriftet und gegen das Balkongeländer dotzt. Doch mein Vater gibt nicht auf und trotzt weiter den Naturgewalten, in diesem Falle dem aufkommenden Wind, der das kleine Luftgefährt bedrohlich schwanken lässt. Schließlich gibt mein Vater ob der Absturzgefahr auf und verzieht sich nach drinnen, wo er sein Spielzeug mit einem seligen Grinsen im Gesicht im Wohnzimmer hin und her fliegen lässt. In diesem Zustand ist er nicht mehr ansprechbar, wie sonst nur beim Krimi-Schauen. Erst nach der dritten Aufforderung von Seiten meiner Mutter scheint er ihre Anwesenheit überhaupt zu registrieren. „Kannst du jetzt mal aufhören zu spielen und etwas Sinnvolles tun?", regt sie sich auf. „Spielen?! Das ist hier Schwerstarbeit und erfordert höchste Konzentration", empört sich mein Vater. „Konzentrier dich lieber aufs Rasenmähen anstatt deine Zeit mit diesem Ding da zu vergeuden", schimpft sie. „Also hör mal, dieses *Ding* ist ein Spezialmodell mit Kreiselstabilisator und Infrarot-Fernsteuerung, der Vorgänger des neuen 4CH Micro-Copter, den ich mir als nächstes kaufen werde. Der fliegt dann im Gegensatz zum Vorgängermodell dreidimensional, lässt sich also auch seitwärts lenken und so manövrieren wie ein echter Helikopter", ereifert sich mein Vater. „Oder ich kaufe mir eine Drohne und spioniere unsere Nachbarn aus. Wollte immer schon mal wissen, was die den ganzen Tag so treiben. Und falls du dich erinnerst, habe ich den Hubschrauber damals auf der Messe im Gegenzug zu deinem Allround-Mixer bekommen. Ich will schließlich nicht immer leer ausgehen." „Leer ausgehen? Dass ich nicht lache, hast du in letzter Zeit mal in deinen Spielschrank geschaut? Der ist randvoll mit allem möglichen ferngesteuerten Krimskrams, da kann ich mir ja wohl mal ein hocheffektives Haushaltsgerät leisten!" Da muss ich ihr zustimmen, in besagtem Schrank befinden sich nämlich neben der Merklin-Modelleisenbahn, die ein ganzes Fach einnimmt und die nach strikten Anweisungen meiner Mutter selbst an Weihnachten nicht aufgebaut werden darf, drei Rennautos, meines nicht mitgezählt, ein panzerähnliches Gefährt, von uns liebevoll *Schlammschmeißer* genannt, ein Motorrad, ein Schiff, ein Hydrojet sowie ein Flugdrache, alle ferngesteuert. Und natürlich die zwei, bald drei, Hubschrauber. Das dreidimensionale Exemplar kommt ja noch hinzu. Auch ein paar Fernsteuerungen, Karosserien und weitere Bauteile sind dort zu finden. Schließlich hat mein Vater all diese Modelle selbst zusammengebaut. Nicht zu vergessen ein alter Game Boy, drei Schlümpfe und diverse Spielzeugautos.

Als ich an das Schiff denke, taucht vor meinem geistigen Auge ein Bild von meiner Schwester und mir auf, wie wir besagtes Wassergefährt unter höchster körperlicher Anstrengung aus der Mitte eines Sees retten, wo es aufgrund des mangelnden Ladezustands der Akkus mal wieder liegengeblieben ist. Tatsächlich passierte dies während unserer jährlichen Urlaube an deutschen Seen relativ häufig. Als ich noch kleiner war, ich muss so ca. drei Jahre alt gewesen sein, kam es sogar einmal vor, dass mein Vater dermaßen mit seinem ferngesteuerten Boot beschäftigt war, welches er in diesem Fall auf einem heimischen Weiher fahren ließ, dass er nicht mitbekam, wie ich ins Wasser fiel. Erst als meine Schwester ihn am Ärmel zupfte und sagte: „Guck mal, da schwimmt die Veri vorbei", bemerkte er mein Verschwinden. Glücklicherweise hatte sich mein Anorak so aufgebläht, dass ich an der Wasseroberfläche trieb und nicht unterging. Schwimmen konnte ich zu diesem Zeitpunkt nämlich noch nicht. Die Reaktion meiner Mutter bei unserer Rückkehr, ich klatschnass und frierend, können Sie sich sicher vorstellen. Vielleicht rührt ihre Abneigung jeglichen ferngesteuerten Gefährten gegenüber von diesem Vorfall her. Mein Vater bestand trotzdem immer darauf, seine Spielzeuge mit in den Urlaub zu nehmen, denn, wie er immer sagte: „Wann, wenn nicht im Urlaub, komme ich mal dazu mich damit zu beschäftigen?" Die Leidtragenden waren dann meistens meine Schwester und ich, die seine gekenterten Boote aus dem Wasser, abgestürzten Hubschrauber aus den Bäumen oder steckengebliebenen Rennautos aus dem Schlamm retten mussten. Wobei ich glaube, dass meine Schwester dabei ein weit schlimmeres Trauma erlitten hat als ich, war ich doch von meinem eigenen Rennauto her mit den mit der Benutzung einhergehenden Schwierigkeiten vertraut. Außerdem ist es meinem Vater tatsächlich gelungen, mich mit seinem Enthusiasmus für diese Art Spielzeug anzustecken. Morgen ist es endlich soweit und auf einer sorgfältig ausgewählten Rollsplit-Strecke in Uni-Nähe lassen wir gemeinsam mein Rennauto fahren. Vorausgesetzt natürlich, das Ladegerät tut was es bzw. mein Vater verspricht.

Die Rückkehr der Heuschrecken

ALS ich Anja und ihre Freundin später am Nachmittag nach ihrem heldenhaften Einsatz der Heuschreckenbeseitigung vor der Haustüre verabschiede, kommen gerade ein paar Kinder vorbei und rufen mir ganz aufgeregt zu: „Schau mal, was wir hier haben!" Nichts ahnend komme ich neugierig näher. Vorsichtig öffnet eines der Mädchen seine Hand, woraufhin ich kreischend zurückweiche. Es ist eine Heuschrecke, die sie da auf der Hand hat. „Ist die nicht süß?", fragt mich die Kleine verzückt. „Sehr", antworte ich mit wenig Überzeugung. „Wir haben ihr eine Leine umgelegt, damit sie uns nicht weghüpft", erklärt sie mir. Tatsächlich, um den Rumpf herum kann ich einen farblich passenden Faden erkennen, der in der anderen Hand des Mädchens endet. „Willst du sie mal streicheln?", bietet mir eine ihrer Freundinnen an. „Ach nö", sage ich betont lässig, „weißt du, ich mache mir nichts aus Heuschrecken." Ich muss ihr ja nicht sagen, dass diese Viecher meine Todfeinde sind und ich sie nicht einmal dann anfassen würde, wenn man mir dafür 100 € gäbe. „Die würde sich aber bestimmt freuen", meint das Mädchen. Ich aber nicht, denke ich bei mir und betrachte die Heuschrecke angewidert. Als die Kleine sie mir auf die Hand setzen will, ergreife ich schnell die Flucht (wir wissen ja, Flucht ist bei mir ein sehr ausgeprägter Instinkt) und renne ins Haus. Die Kinder scheint das wenig zu stören und ich sehe sie kurz darauf bei meiner Nachbarin klingeln. Die Arme.

Nachdem ich mein Zimmer fertig aufgeräumt habe (das

Saugen musste ich leider aufgrund der sich im Staubsaugerbeutel befindenden und durch einen Klopapierpfropfen an der Flucht gehinderten Heuschrecke aufschieben), mache ich es mir gegen Abend auf dem Balkon gemütlich. Ein Buch in der Hand und ein Glas frischen Orangensaft neben mir auf dem Tisch genieße ich die Abendsonne. Mit der Zeit wird es jedoch dunkel und ich beschließe, die Außenbeleuchtung einzuschalten. Ah, schon viel besser. Ich vertiefe mich also wieder in meine Lektüre und vergesse alles um mich herum. Plötzlich jedoch beschleicht mich ein mulmiges Gefühl, ich fühle mich irgendwie beobachtet. Vorsichtig schaue ich mich um, und was müssen meine Augen da erblicken? Eine Heuschrecke hat sich vor mir auf dem Tisch aufgebaut und glotzt mich an. Diesmal versagt mein Fluchtinstinkt und ich fange stattdessen an zu schwitzen. Während mir der Schweiß von der Stirne rinnt, versuche ich mich mit dem Gedanken zu beruhigen, dass dieses Insekt zigmal kleiner ist als ich und wahrscheinlich viel mehr Angst vor mir hat als ich vor ihm. Es sieht aber gar nicht ängstlich aus, vielmehr so, als würde es sich gerade zum Sprung bereitmachen und mich angreifen wollen. Diese Vorstellung bewegt mich nun doch dazu aus meinem Stuhl aufzuspringen und ins Haus zu flüchten. Durch die geschlossene Balkontür betrachte ich die Heuschrecke argwöhnisch. Da sitzt sie, im Schein der Lampe, neben meinem in der Hektik draußen liegengelassenen Buch. Ich wusste gar nicht, dass die auch von Licht angezogen werden, wie die Nachtfalter. Und so schön auch ihr nächtliches Gezirpe ist, auf meinem Balkon will ich die Viecher nicht haben, die sollen mal schön in ihrer natürlichen Umgebung bleiben. Da das mit dem Papierkorb-Überstülpen heute Früh ja ganz gut geklappt hat, beschließe ich, eine Tupperdose aus der Küche zu holen und mein Glück erneut zu versuchen. Als ich wenig später zurückkomme, ist die Heuschrecke nicht mehr zu sehen, was natürlich nicht heißt, dass sie nicht noch irgendwo in der Nähe herumlungert. Die Viecher machen mich echt fertig! Ich nehme meinen ganzen Mut zusammen und betrete mit pochendem Herzen den Balkon. Auf dem Tisch: nichts. Der Stuhl: leer. Ich will schon erleichtert aufatmen, als ich mich umdrehe und sie über der Balkontüre an der Wand hocken sehe. Oh Gott, jetzt bin ich hier draußen gefangen und muss die ganze Nacht auf dem Balkon verbringen, das Risiko, durch die Tür und damit unter der Heuschrecke hindurch ins Haus zu gehen, ist schließlich viel zu groß. Die braucht sich nur fallen lassen, nicht auszudenken! Ich will mich schon in mein Schicksal ergeben, als mein Blick auf mein Handy fällt. Das ist die Rettung! Mit zitternden Fingern wähle ich die Nummer meines Freundes. „Du musst mich retten", rufe ich statt einer Begrüßung ins Telefon, als er abnimmt, „ich werde angegriffen!" Angesichts der Panik in meiner Stimme lässt er sich tatsächlich erweichen und steht eine halbe Stunde später neben mir auf dem Balkon, den er über den Gartenzugang erreicht hat, da ich ihm die Haustüre ja von innen nicht öffnen konnte. „Hast du eine Schüssel oder so?", fragt er. „Ja, drinnen", antworte ich. „Hol sie mal, ich bleibe solange hier und passe auf, dass sich die Heuschrecke nicht bewegt." Als ob ich sie daran hindern würde. Bevor er nach drinnen verschwindet, bemerkt er: „Das ist übrigens gar keine Heuschrecke, sondern eine Grille." Das ist mir ehrlich gesagt völlig egal, ob Heuschrecke oder Grille, Insekten aller Art haben auf meinem Balkon nichts zu suchen. Mit einer Schüssel in der Hand klettert mein Freund wenig später auf einen Stuhl und versucht, das Viech zu erhaschen, was sich als schwieriger als gedacht herausstellt. Begeistert sieht er dabei auch nicht gerade aus. Nach einigen gescheiterten Versuchen hat er sie schließlich eingefangen und setzt sie unten im Garten aus. „Komm her mein Held", rufe ich während ich ihn nach seiner Rückkehr stürmisch umarme, wodurch er sich seiner zufriedenen Miene nach in seiner Männlichkeit bestärkt fühlt. Nachdem er sich kurz darauf verabschiedet hat, packe ich meine Sachen zusammen und schleppe mich völlig entkräftet ob der Ereignisse dieses Tages ins Schlafzimmer. Erschöpft lasse ich mich in mein Bett sinken und bin gerade am Einschlafen, als ich aus nächster Nähe ein Zirpen vernehme… NEIN!!!!

Bildungsfernsehen

ALS ich mich abends mit meinem Freund treffe und er mir ausschweifend vor seinem intensiven Arbeitstag berichtet hat, fragt er mich: „Und, was hast du heute so gemacht?" „Ich habe zugeschaut, wie der Schabracken-Tapir sein neues Tauchbecken bezogen hat." Verständnislos schaut mein Freund mich an. „Schabracken-was?" „Na, Siggi, der Schabracken-Tapir bei Elefant, Tiger & Co., auf MDR. Was die in der Sendung alles über die Tiere erzählen, finde ich ja ganz interessant, aber der Kommentator! Der ist noch schlimmer als der Erzähler bei Benjamin Blümchen, und der war ja schon immer so nervig. Erinnerst du dich? Das ist ja der gleiche wie bei Bibi Blocksberg. Bibi und Benjamin kennen sich ja." Mein Freund kann meinem Gedankengang offensichtlich nicht ganz folgen und meint nur: „Ach, die kennen sich?" „Ja klar, die wohnen ja beide in Neustadt." Das war ihm neu. Gerade als ich anfange das Benjamin Blümchen-Lied anzustimmen, meint mein Freund ganz aufgeregt: „Mein kleines Raspberry Pi ist übrigens heute gekommen." „Oh wie süß! Was ist denn ein Raspberry Pie, was zu essen?" „Wieso Essen?", will mein Freund verwirrt wissen. „Na, Raspberry heißt doch Himbeere, und Pie ist doch so eine Art Kuchen, oder nicht?" „Doch nicht Pie wie Pie, wobei damit im englischsprachigen Raum alle Gerichte bezeichnet werden, bei denen eine Mischung aus Zutaten unter einer Teigdecke geschmort oder gebacken werden, egal ob süß oder herzhaft, sondern wie Pi, die Kreiszahl. Du weißt schon, 3.141592653589..." „Ja, ja, ich erinnere mich, eine unendliche Zahl oder so." „Pi ist eine irrationale Zahl und besitzt daher weder eine endliche noch eine periodische Dezimaldarstellung. Sie ist weiterhin transzendent und kann folglich nicht Nullstelle eines Polynoms mit ganzzahligen Koeffizienten sein." „Ist ja gut. Und wofür ist dieses Pi-Teil jetzt gut?" „Das nehmen wir als Netzwerk-Server", ist die Erklärung, die ich bekomme. Da mich das Thema nicht sonderlich fasziniert, frage ich nicht weiter nach und verkünde stattdessen: „Wir sterben übrigens aus." „Aus welchem Grund denn diesmal, wegen des Klimawandels, der zunehmenden Strahlung oder etwa aufgrund der steigenden Gewalt?", seufzt mein Freund. „Wegen des sich wandelnden Musikgeschmacks. Wer kennt heutzutage schon noch Stayin' Alive?" Der Zusammenhang scheint ihm nicht ganz einzuleuchten und so kläre ich ihn auf: „Es ist überlebenswichtig, dieses Lied zu kennen, da man auf dessen Rhythmus die wiederbelebende Herz-Lungen-Massage macht." „Wo hast du denn den Quatsch her?" „Das kam im Fernsehen, bei Dr. Eckart von Hirschhausen." Da wir beide Fans des Komikers sind und dieser seine Aussagen immer wissenschaftlich belegt, scheint ihn die Theorie zu überzeugen. „Außerdem weiß ich jetzt, warum du nicht abnimmst", erkläre ich. Bevor mein Freund protestieren kann, liefere ich ihm die Erklärung: „Weil du gelbe Teller benutzt. Und es ist wissenschaftlich nachgewiesen, dass man aus gelben Tellern mehr isst als z.B. aus blauen." „Dann isst *du* eben ab jetzt aus den gelben Tellern, dann nimmst du wenigstens mal ein bisschen zu", grummelt mein Freund. Glücklicherweise habe ich ihn nicht genau verstanden und fahre deshalb ungerührt damit fort, mein neu erworbenes Wissen weiterzugeben. „Und weißt du übrigens, warum man schneller betrunken ist, wenn man aus geschwungenen Biergläsern trinkt?" „Ich trinke kein Bier", ist seine Antwort. „Ich doch auch nicht, ist doch trotzdem interessant." Er ist offensichtlich anderer Meinung, aber ich lasse nicht locker: „Jetzt überleg doch mal." „Schatz, ich habe keine Lust zu raten, sag es mir einfach." „Na gut", gebe ich, wenn auch widerwillig, nach. „Generell trinkt man ab der Hälfte langsamer. Nun ist es aber so, dass man bei einem geschwungenen Glas länger denkt, es wäre noch mehr als halb voll, und also länger schneller trinkt. Bei einem geraden Glas kann man besser abschätzen, wann die Hälfte erreicht ist." „Hm", ist alles, was mein Freund dazu zu sagen hat. Mag daran liegen, dass es kaum geschwungene Bier- oder sonstige Gläser gibt. Vielleicht kann ich ihn ja mit meiner nächsten Info aus der Reserve locken. „Dann jetzt mal etwas Mathematisches: Warum tauchen Zikaden nur alle 17 Jahre auf?" „Woher soll ich das wissen? Ich weiß noch nicht mal genau, was Zikaden überhaupt sind." „Na, das sind so grillenähnliche Viecher", kläre ich ihn auf. „Also?" Nach einigen Minuten des Schweigens werde ich ungeduldig und meine: „Du solltest wirklich öfter fernsehen. Das Ganze hat evolutionsbiologische Gründe. Sie tauchen deshalb nur so selten auf, da 17 eine Primzahl ist und alle ihre Feinde Zyklen von zwei, vier oder sechs Jahren haben. Krass, oder?" „Ja", lässt mein Freund verlauten. Der ist aber auch mit nichts zu beeindrucken. Dabei mag er Primzahlen doch, schließlich hat er sich sogar extra eine für das Nummernschild seines Autos ausgesucht. Zusammen mit den Anfangsbuchstaben unser beider Vornamen. Süß, oder? Nach kurzem Überlegen platze ich mit meiner nächsten Erkenntnis heraus: „Wusstest du, dass Pottwalkotze total kostbar ist?" Ich ernte nur einen angewiderten Blick. „Nee echt jetzt, das kam auf Pro7. Daraus wird nämlich Moschusduft gewonnen. Wenn du also mal einen Brocken finden solltest, kannst du ihn teuer an die Parfümindustrie verscherbeln." „Und wo sollte ich so etwas finden? Am Mainufer vielleicht?" Ich muss mich wirklich beherrschen, um ihm jetzt nicht beleidigt den Rücken zuzukehren. Aber ich will ja noch mehr Infos loswerden, deshalb fahre ich seinen Kommentar ignorierend fort: „Wo wir schon bei Tieren sind: Es gibt eine Ziegenrasse, die sogenannten *fainting goats*, die immer, wenn sie sich erschrecken, einfach umfallen. Ein paar Sekunden lang sind sie buchstäblich wie gelähmt. Danach stehen sie einfach wieder auf und es ist, als ob nie etwas gewesen wäre." „Ich wusste ja schon immer, dass Ziegen nicht die intelligentesten Tiere sind", meint mein Freund abschätzig. Derweil habe ich weiter über den Sachverhalt nachgedacht und bin zu dem Schluss gekommen, dass es durchaus sinnvoll wäre, sich so eine Ziege anzuschaffen. „Sogar besser als ein Wachhund", erkläre ich meinem Freund. „Sobald sie umfällt, weiß ich, dass etwas nicht stimmt. Und einen Boxer brauchen wir dann auch nicht mehr." Triumphierend schaue ich meinen Freund an. „Keine gute Idee", sagt der nur. „So oft und laut wie du niest, fällt das arme Viech ja ständig um. Und dann auch noch völlig umsonst." Da muss ich ihm leider recht geben, ich niese dermaßen laut, dass man es durchs ganze Haus schallen hört. Meinem Freund ist das sehr peinlich. Erst letztens hat er sich verschämt nach drinnen verzogen, nachdem ich auf dem Balkon einen meiner Nieser losgelassen habe. Zurückhalten ist schließlich gefährlich, dabei kann man sich angeblich sogar das Genick brechen. „Na gut", gebe ich nach, „dann halt eine normale Ziege." Mein Freund setzt gerade zu heftigem Protest an, da trifft ihn schon die nächste Frage: „Was macht ein Elch, um sich abzukühlen?" „Wird das ein Witz?", will mein Freund wissen. „Nein, wieso Witz? Das ist eine ernste Angelegenheit und höchst interessant. Er leitete nämlich seinen Atem ins Gehirn um." „Und ich dachte, er trinkt dann ein kühles Bier." „Sehr witzig." Strafend schaue ich meinen Freund an. „Hast du das damals nicht mitbekommen?", fragt er. „Vor ein paar Jahren hat ein Elch in Norwegen einen Supermarkt gestürmt und sich zum Abkühlen vor die Kühlregale gestellt. Ob er tatsächlich ein Bier hat mitgehen lassen, weiß ich jetzt nicht mehr." Bevor mein Freund mir mit seinem Wissen noch die Schau stiehlt, lege ich gleich nach: „Okay, jetzt kommt etwas, das dich garantiert interessiert: Bei Star Wars ist in R2D2 ein Liliputaner drin!" Beifallheischend sehe ich ihn an. Und tatsächlich, bei Star Wars haben die Augen meines Freundes einen kurzen Augenblick lang aufgeleuchtet. Dann jedoch sein vernichtendes Urteil: „Und du glaubst wirklich, das wusste ich noch nicht? Ich weiß alles über Star Wars." Das wollen wir erstmal sehen, denke ich bei mir, und spiele meinen letzten Trumpf aus: „Dann wusstest du wohl auch, dass in einer Folge E.T. zu sehen ist, und zwar gleich dreifach." Mit Genugtuung beobachte ich, wie sich der Gesichtsausdruck meines Freundes verändert und er mich schließlich erstaunt fragt: „Echt jetzt?" „Ja, echt. In dem Film *E.T.* wurden nämlich Star Wars-Figuren gezeigt und dafür wollte sich George Lucas bei Steven Spielberg bedanken." Doch meine Bestätigung der Richtigkeit meiner Angaben und die dazugehörige Erklärung scheinen ihm nicht zu genügen und er durchforstet lieber das Internet. Mit gesenktem Kopf und leerem Blick wendet er sich schließlich an mich: „Tatsächlich, du hast recht." „Tja, viel zu lernen du noch hast", zitiere ich Meister Yoda. Irgendwie tut er mir jetzt aber doch leid und tröstend tätschele ich seinen Kopf. „Du hast halt einfach nicht so viel Zeit zum Fernsehschauen wie ich. Aber das hat bestimmt auch seine Vorteile." Welche das sein könnten, weiß ich im Moment auch nicht so genau, schließlich ist ja allgemein bekannt und spätestens jetzt bewiesen, dass Fernsehen einen wichtigen Bildungsauftrag erfüllt, entstammen doch all meine Informationen diesem Medium. Und wenn ich durch mein so erworbenes Wissen auch noch meinem Freund überlegen bin, dann kann ich nur sagen: Es lebe das Bildungsfernsehen!

Haarige Angelegenheiten

VOR Kurzem hatte meine Schwester Geburtstag. Auf die Frage hin, ob sie denn alle ihre Freunde zu einer Feier einladen sollte oder lieber zweimal feiern, da sich die verschiedenen Freundesgruppen ja nicht kennen, antwortete ich: „Auf jeden Fall zusammen, dann lernen sich wenigstens alle mal kennen." Wie immer, wenn meine Schwester mich um Rat fragt, machte sie auch diesmal das Gegenteil dessen, was ich ihr geraten hatte, und verkündete wenig später: „Also ich feiere jetzt doch zweimal, einmal mit den Normalen und einmal mit denen vom Fitness." Ah ja. Glücklicherweise gehöre ich zu ersterer Gruppe, werde also als normal eingestuft. Sehr beruhigend. Wobei sich meine Schwester ja sonst immer über mich beschwert, speziell über meine legere Kleidung und meine unfrisierten Haare. Üblicherweise werde ich von ihr mit einem „Wie siehst *du* denn aus!" begrüßt, gefolgt von der Frage „Willst du nicht mal zum Friseur oder dir wenigstens eine gescheite Frisur machen?" Völlig unbeeindruckt verneine ich dies regelmäßig, woraufhin sie normalerweise zum nächsten Kritikpunkt übergeht und mit Entsetzen in der Stimme so etwas sagt wie: „Und was du wieder anhast, so einen Schlappen, so etwas würde ich niemals tragen!" Ich versuche dann, weiterhin gelassen zu bleiben, und verweise darauf, dass ich nur deshalb einen Jogginganzug anhabe, da ich mich in meinen eigenen vier Wänden befinde und hier bequemere Kleidung vorziehe. Das überzeugt sie natürlich keineswegs, denn so wie sie daheim herumläuft, mit pailletenbestickten Oberteilen und enganliegenden Hosen, verziert mit strasssteinbesetzten Gürteln und der dazu passenden Hochsteckfrisur, gehe ich nicht einmal in die Disco. Überhaupt sind wir in Sachen Mode und Schönheitsideal denkbar verschieden. Während sie großen Wert auf ihr Aussehen legt und dementsprechend viel Geld in Makeup, Abdeckstifte, Haarkuren, Friseurbesuche, Nagellack und etliche andere Schönheitsprodukte investiert, bin ich sogar zu faul, meine Haare zu frisieren. Nicht, dass wir uns falsch verstehen, kämmen tue ich mich natürlich schon und mein morgendliches Haarklämmerchenritual, bei dem ich verzweifelt versuche unter Zuhilfenahme zahlreicher Haarklämmerchen meinen Pony davor zu bewahren, sich zu sehr zu kräuseln und in alle Richtungen abzustehen und aufgrund dessen ich regelmäßig verspottet werde, ist mir heilig, wenngleich es mir lieber wäre, frühs einfach aufzustehen, mir einmal kurz durch die Haare zu fahren und das Thema damit erledigt zu haben. Auch was die Hautpflege angeht, sind wir völlig unterschiedlicher Auffassung. Ein Pickel bedeutet für meine Schwester Alarmstufe Rot und sogleich wird alles daran gesetzt, das Schandmal zu beseitigen, was so viel heißt wie aufschneiden, ausdrücken, überpinseln. Ich hingegen lasse die Dinger gewähren und warte einfach, bis sie von selbst austrocknen und abfallen, den Kommentar meiner Schwester ignorierend, die mir mit dramatischer Stimme rät: „Das musst du abschneiden." Das ist übrigens ihre Standardaussage, wenn es um Pickel, Hühneraugen oder Warzen geht. Sie hat sich sogar schon einmal selbst einen Leberfleck entfernt. Mit Nagelschere und Pinzette.

Aber ich komme vom Thema ab, wir waren ja bei den Geburtstagsplanungen meiner Schwester und der Tatsache, dass auch dieses Jahr die Fitnessfreunde von den Normalen ausgesondert wurden. Wie ihre Freunde vom Fitness so sind, weiß übrigens keiner, da ja bis jetzt immer getrennt gefeiert wurde. Offensichtlich aber eher speziell. Die Feier der Normalen sollte an einem Freitagabend in einem mexikanischen Restaurant steigen. Zehn Leute waren eingeladen. So viele Normale auf einem Haufen, würde das nicht langweilig werden? Doch die Frage stellte sich gar nicht, denn im Laufe des Tages sagte die Hälfte ab und zu guter Letzt fanden wir uns zu fünft wieder. Nur schleppend kam ein Gespräch in Gang, da sich trotz der geringen Anzahl an Gästen Grüppchen gebildet hatten. Interessant wurde es erst, als eine Freundin meiner Schwester von ihren neuesten Erlebnissen mit ihrem Freund berichtete, mit dem sie vor Kurzem zusammengezogen war. Gerade noch rechtzeitig, als sie begann von ihren Streitereien zu erzählen, beendete ich mittendrin das Gespräch mit meinem Freund, mit dem ich mich bislang unterhalten hatte, um ihren Ausführungen zu lauschen, die mir in diesem Moment weitaus wichtiger erschienen, als das veränderte Design und die neuen Funktionsweisen des kürzlich herausgebrachten Windows. Sie war gerade dabei, ihren Kampf um die Anzahl der Fächer im Bad zu beschreiben, wobei es ihrer Aussage nach ganz friedlich losgegangen war mit der Frage „Wem gehören wie viele Fächer?" Sie war davon überzeugt, dass Frauen generell mehr Fächer zustehen als Männern, was ihr Freund irgendwie unfair fand. Außer meinem Freund stimmten wir ihr alle zu. Wir, das sind in diesem Fall drei Mädels. Sie berichtete uns, dass sie daraufhin von ihrem Freund Folgendes wissen wollte: „Schminkst du dich? Brauchst du Haarklammern? Lackierst du dir die Nägel? Verwendest du mehrere Haarbüsten und Kämme? Benutzt du Peeling oder verschiedene Cremes? Hast du ein Glätteeisen? Verwendest du verschiedene Shampoos und Duschgels? Hast du Schmuck? Benötigst du Tampons und Slipeinlagen?" Daraufhin habe er mit „Nein" geantwortet, was sie zum Anlass nahm, ihn zu fragen: „Und willst du, dass ich das alles auch nicht mehr benutze?" „Natürlich nicht", war seine Antwort. „Na also, dann brauche ich mindestens doppelt so viele Fächer wie du", war damals ihr Fazit. Eine Eins-A-Argumentation, wie ich fand. Muss ich mir merken, dachte ich bei mir und hoffte nur, dass mein Freund nicht allzu genau zugehört hatte.

Während ich so vor mich hin sann, konzentrierte sich das Gespräch nun auf die bevorstehende Hochzeit besagter Freundin. Eigentlich waren wir uns alle darin einig, dass wir der Institution Kirche eher kritisch gegenüberstanden, weshalb ich sie fragte, warum sie denn dann trotzdem kirchlich heiraten wolle. „Na, an Gott glaube ich ja schon und ich will mir halt meinen Segen abholen", war ihre Erklärung. Ja, so kann man es natürlich auch sehen. Insgeheim bin ich ja davon überzeugt, dass sie, wie wahrscheinlich die meisten Frauen, nur des Brautkleides wegen auf eine kirchliche Trauung besteht. Apropos Brautkleid: Ich erinnere mich gerade daran, dass ich, als wir beide noch Kinder waren, mit ihr Barbiekleider getauscht habe. Sie bekam das pfirsichblütenfarbene Kleid meiner Pfirsichblütenbarbie, die von mir fälschlicherweise als Pflaumenbarbie bezeichnet wurde, im Gegenzug dazu erhielt ich das perlenbestickte Hochzeitskleid ihrer Brautbarbie. Natürlich nur auf Zeit, es war also eigentlich kein Tauschen, sondern ein gegenseitiges Ausleihen. Noch heute kommen mir die Tränen, wenn ich daran denke, dass sie mir am Rückgabetag mein Kleid ohne die zugehörigen Träger in die Hand drückte. Sie hatte sie einfach abgeschnitten! Von *meinem* Kleid! Unerhört! Es handelt sich hierbei übrigens um jene Freundin, bei der ich immer den Ken spielen musste. Aber das nur am Rande. Etwas Ähnliches ist mir auch mit meiner Schwester schon mal passiert, die sich vor mehreren Jahren in meiner Abwesenheit ohne mein Wissen ein langärmliges Oberteil ausgeliehen hatte und es mir danach einfach mit kurzen Ärmeln wieder in den Schrank legte. Offensichtlich glaubte sie, ich würde nicht merken, dass sie einfach die Ärmel abgeschnitten hatte. Wirklich dreist! Aber ich war ja bei den Hochzeitsvorbereitungen. Nach längerer Diskussion kamen wir an jenem Abend alle darin überein, dass die evangelische Kirche der katholischen grundsätzlich vorzuziehen sei, da wesentlich moderner und weltoffener. Die angehende Braut kommentierte das so: „Dann trete ich eben zum Evangelium über." Verdutzt sahen wir uns an, bevor wir laut loslachten. Während wir uns noch die Bäuche hielten, korrigierte sie: „Also ich meine, ich werde Evangelist", was bei uns erneute Lachkrämpfe auslöste. Schließlich erbarmte sich mein Freund und meinte: „Es heißt Evangele oder besser Protestant", woraufhin sie sagte: „Evangele klingt gut, das nehm' ich." Dann wäre das ja auch geklärt, dachte ich bei mir, bevor ich sie fragte, in welcher Kirche sie denn heiraten würde. „In einem Kloster", war die Antwort. „Wieso denn das?", wollte ich wissen. „Na, wenn ich schon heirate, dann in einer Kirche, die mir auch gefällt. In vielen sind ja so gruselige Fotos drin." „Fotos?", fragten wir alle auf einmal. „Du meinst wohl Bilder bzw. Gemälde. Und von wem meinst du überhaupt?" „Na von diesem Jesus", erklärte sie. Ah ja.

Unauffällig wechselten wir das Thema und fragten sie, ob sie denn schon alle notwendigen Papiere beisammen habe, woraufhin sie antwortete, dass ihr noch die Aufenthaltsgenehmigung fehle. Erstaunt schauten wir sie an. „Wieso Aufenthaltsgenehmigung? Du bist doch Deutsche." Wie wir erfuhren, war sie vom Rathaus aufgefordert worden, eine Aufenthaltsgenehmigung vorzulegen, obwohl sowohl sie als auch ihr Freund nicht nur in Deutschland geboren sind, sondern sogar beide in der Stadt, wo sie heiraten wollen, und keinerlei ausländische Vorfahren haben. Wie absurd ist das denn?! Nach einiger Aufregung kamen wir schließlich auf ein angenehmeres Thema zu sprechen: die Hochzeitsfrisur. Dazu konnte oder wollte sie uns jedoch nichts sagen, wahrscheinlich, um die Gäste zu überraschen. Doch wo wir schon beim Thema Haare und Frisuren waren, wurde auch meine Schwester nicht verschont, indem alle auf sie einredeten, sie solle sich doch nicht immer die Haare färben. Das war ja mal etwas ganz Neues, bisher war ich es immer, auf der wegen des Haar-Themas herumgehackt wurde. Ich war ja schon lange der Meinung, meine Schwester würde es mit dem Färben etwas übertreiben, immerhin hat sie ihren Haaren bestimmt schon an die hundertmal eine neue Farbe verpasst. Fast jedes Mal mit zweifelhaftem Resultat. Doch jetzt hatte ich ja Unterstützung und gemeinsam versuchten wir sie davon zu überzeugen, dass das häufige Färben die Haare ganz schön strapaziert und sie doch einfach mal ihre Naturhaarfarbe zum Vorschein kommen lassen solle. „Meine Haare sind aschfahl", stellte sie daraufhin klar, „das ist meine Naturhaarfarbe." „Das klingt irgendwie krank", war mein Kommentar. Während ich noch stark daran zweifelte, ob es so eine Haarfarbe überhaupt gibt, schließlich bezeichnet dieses Adjektiv normalerweise eine bestimmte Gesichtsfarbe, rief eine ihrer Freundinnen: „Ach Quatsch, dein Haar ist in natura bestimmt so, wie das deiner Schwester." „Das ist ja das Problem", hörte ich sie antworten. Ich glaubte meinen Ohren nicht zu trauen und begutachtete ausgiebig mein wunderschönes mittel- bis dunkelbraunes Haar, bevor ich mich mit fragendem Blick meinem Freund zuwandte. Er nickte bestätigend und sagte in beruhigendem Tonfall: „Du hast ganz tolles Haar." Misstrauisch schaute ich ihn an, nicht sicher, ob er das nur aus Pflichtgefühl gesagt hatte. Der Rest der Gruppe schwieg.

Die verbleibende Zeit, die wir in dem Restaurant verbrachten, nutzte ich dazu, Rachepläne zu schmieden. Im Geiste sah ich mich schon nachts in die Wohnung meiner Schwester schleichen und ihr während des Schlafs ihre langen Locken abschneiden. Alternativ dazu überlegte ich mir, ihr orangenes oder grünes Haarfärbemittel ins Shampoo zu mischen. Auch für die Braut fiel mir etwas Passendes ein: Ich würde einfach heimlich das Brautkleid enger schneidern, damit sie an ihrem großen Tag nicht mehr hineinpasste und ich so meine Pfirsichblütenbarbie ausreichend gerächt hätte. Bei diesen Gedanken konnte ich ein hämisches Grinsen nicht unterdrücken, ich sah es schon genau vor mir: die Braut in einem Kleid, das aus allen Nähten platzte, und daneben meine Schwester mit grünen Haaren als Trauzeugin. Ich wusste gar nicht, dass so viel kriminelles Potenzial in mir steckt. „Alles klar bei dir?", riss mich eine Stimme aus meinen Rachephantasien. „Ja, ja, alles bestens. Dann lasst uns mal auf das Geburtstagskind anstoßen. Wer weiß, wann wir so schön, äh so jung, wieder zusammenkommen…"

Die Sonnenanbeter

ICH bin ein Sonnenkind, ich liebe die Sonne. Kein Wunder, bin ich doch ein Löwe, im Sommer geboren. Auch meinem Vater hat es die Sonne angetan, obwohl er als Widder im etwas sonnenärmeren Frühjahr zur Welt gekommen ist. Wenn ich es genau bedenke, liegt meine Liebe für die Sonne vielleicht eher darin begründet, dass ich mit der Zeit meinen Vater nachgeahmt habe, so wie er den seinigen. Denn alle drei lieben bzw. liebten wir es (mein Opa ist bereits verstorben), draußen auf dem Balkon in der Sonne zu sitzen, wohingegen meine Mutter das Sonnenlicht eher scheut, wenn nicht gar verabscheut. Sie zieht es vor, im Haus zu bleiben, egal wie schön das Wetter draußen ist. Kein Wunder, sie hat ja auch in einem Februar das (spärliche) Licht der Welt erblickt. Mein Vater und ich hingegen sind um die Mittagszeit immer draußen anzutreffen, wo wir sitzend oder liegend die Sonne genießen und Siesta halten. Und das nicht nur im Sommer, sondern auch im Frühjahr, sobald die ersten Sonnenstrahlen die Erde wärmen, sowie im Herbst, sofern es denn ein goldener ist. Selbst im Winter liegen wir bei Minusgraden mit Mütze, Schal und Anorak und in mehrere Decken eingemummelt draußen. Natürlich nur, wenn die Sonne scheint. Ich bin dabei meistens noch mit einer Wärmflasche ausgestattet, an der ich mir die Hände wärme. Bevor wir uns jedoch friedlich niederlassen, streiten wir uns regelmäßig um den sündteuren und superbequemen, ergonomisch optimal geformten Liegestuhl. Seit ich ihm beim Mittagsschlaf Konkurrenz mache, hat mein Vater zwar extra für mich eine zweite

Liege angeschafft, doch die ist vom Lidl und in nichts, aber auch gar nichts mit der Luxusliege meines Vaters zu vergleichen. Wenigstens war diese mal eine sinnvolle Anschaffung. Dass mein Vater überhaupt so viel Geld dafür ausgegeben hat, wundert mich, er ist ja sonst so sparsam und begnügt sich normalerweise auch mit ausgedienten bzw. baufälligen Möbelstücken. Ich denke da an das Vorgängermodell, eine durchgelegene, durch Feuchtigkeit leicht verschimmelte und mittlerweile nicht mehr zusammenklappbare Klappliege. Er wird sich doch nicht wahrhaftig von diesem ehemals bestimmt extrem teuren Stück getrennt haben? Aber zurück zur Lidl-Liege. Einen Vorteil hat sie nämlich: ein kleines verstellbares Sonnendach, mit dem man zumindest sein Gesicht vor schlimmeren Verbrennungen bewahren kann. Vorausgesetzt natürlich, es funktioniert. Was es in diesem Fall leider nicht tut, unglücklicherweise hat nämlich bereits bei der ersten Benutzung die Schraub-Mechanik versagt, indem eines der Plastikschraubteile abgebrochen ist. Wer benutzt dafür auch Kunststoff?! Mein Vater ist überzeugt, dass es an der unsachgemäßen Bedienung des Sonnendächleins lag, sprich, dass ich schuld bin. Leider kann ich mich, so sehr ich mich auch bemühe, beim besten Willen nicht mehr an den Vorfall erinnern, weise aber jede Schuld von mir. Insgeheim bin ich davon überzeugt, dass mein Vater die Liege selbst demoliert hat, um mal wieder etwas zum Heimwerkeln zu haben. Denn bei der Liege handelt es sich um das bereits an anderer Stelle erwähnte, von meinem Vater in mühevoller Kleinstarbeit vielfach wieder zusammengeklebte bzw. zusammengeschraubte Exemplar. Aber wer braucht schon ein Sonnendach, außerdem verfügen wir ja auch noch über den einen oder anderen Sonnenschirm. Tatsächlich sind es an die sechs verschiedenen Modelle, darunter eines, zugegebenermaßen eher hässliches braunes, das ich vor langer Zeit aus einem Müllcontainer gerettet habe, sowie ein ehemals weißes, nunmehr jedoch grünlich verfärbtes. Bei einem weiteren Schirm fehlt die zugehörige Stange. Das Schmuckstück der Sammlung ist ein besonders großer, durch ein kompliziertes Flaschenzug-System zu öffnender Holzschirm, dessen Aufstellung die Mithilfe mindestens zweier kompetenter Sonnenschirmöffner erfordert und der meinen Vater regelmäßig zu Fluchausbrüchen veranlasst, während meine Mutter hämisch grinsend und sich prächtig amüsierend daneben steht.

Aber wir sprachen ja über Liegestühle. Wenn ich so darüber nachdenke, bräuchte ich eigentlich eine ganz andere, völlig neuartige Ausführung: Eine Liege, die sich mit der Sonne dreht. Sozusagen einen Liegestuhl Typ Sonnenblume. Das wäre doch mal was. Wie diese Solarfelder. Das muss ich gleich meinem Vater sagen, damit wäre er sicher eine ganze Zeit lang beschäftigt und ich könnte so lange in Ruhe seine Luxusliege genießen. Andererseits ist es mir in der prallen Sonne oft auch zu heiß, sodass ich doch hin und wieder oder auch öfter den Schatten aufsuche. So wandere ich am Tag Kilometer um Kilometer auf dem Balkon hin und her, einmal der Sonne und dann wieder dem Schatten hinterher. Ziemlich anstrengend. Ich bin wirklich nicht so leicht zufriedenzustellen: In der Sonne ist es mir zu heiß, im Schatten dann wieder zu kalt. Also wieder zurück in die Sonne, wo ich es abermals nur kurz aushalte und bald darauf wieder in den Schatten flüchte. Und so gehen die Tage dann auch dahin, bestimmt von einem Wechsel aus Schatten und Licht. Ich bringe es sogar fertig, im spanischen Hochsommer am Strand unter dem Schirm sitzend zu frieren. Da ich aber in der Sonne dermaßen schwitze und meine Haut sehr schnell rot wird (bin eben ein heller Hauttyp), befinde ich mich regelmäßig in einem Dilemma. Ich erinnere mich noch, als ich mit meinem Exfreund in Cadiz im Süden Spaniens am Strand war und es ohne Sonnenschirm schier nicht mehr ausgehalten habe. Nachdem es jedoch dort keine Schirme zu mieten gab, holte mein Freund kurzerhand seinen riesigen bunten Regenschirm aus dem Auto. Dieser ließ sich aber im Sand schwer befestigen, sodass er mir kurzerhand einen Klappstuhl in einem nahegelegenen Strandaccessoire-Laden kaufte, um den Schirm daran festzumachen. Allerdings, womit? Ohne lange zu überlegen, zog er seine Schuhe aus, entfernte die Schnürsenkel, band sie zusammen und befestigte damit den Regenschirm an meinem neuen Stuhl. Clever, nicht? Ich war ihm natürlich zutiefst dankbar, auch wenn es im neu gewonnenen Schatten mit der Zeit etwas kühl wurde. Mein Freund war damals auch leicht überrascht, dass ich zur Abwechslung mal die Sonne mied, denn sonst musste er sich immer mit meinem Wunsch, in der Sonne sitzen zu wollen, herumschlagen, wo er sich doch so gerne im Schatten aufhielt. Wie oft standen wir auf irgendwelchen Café- oder Restaurantterrassen, vor einer Auswahl an Bänken in einem Park oder bei ihm zu Hause im Garten und diskutierten, ob wir nun den Sonnen- oder den Schattenplatz nehmen sollten. Ich gewann meistens.

Mein Exfreund war es auch, der zu dem Schluss kam, ich mache wohl Fotosynthese, da ich mir, egal wo wir waren, immer sofort einen Platz in der Sonne suchte und ihr mein Gesicht entgegenstreckte, wovon zahlreiche Fotos zeugen. Damit lag er gar nicht so falsch, denn ich habe tatsächlich das Gefühl, mich im Sonnenlicht mit Energie aufzuladen. Um der Sonne immer möglichst nah zu sein, auch wenn der Himmel mal grau und wolkenverhangen sein sollte, habe ich mir nach Abbild meines nach wochenlangem Suchen erworbenen Sonnen-Kettenanhängers ein Tattoo stechen lassen. Nun trage ich die Sonne immer bei mir und sie scheint für mich jeden Tag. Das tut sie übrigens sowieso, und nicht nur für mich, nur manchmal ist sie eben hinter Wolken oder Nebel versteckt. Der Ausdruck *die Sonne scheint heute nicht* ist also irreführend. Mein Vater ist da ganz anderer Meinung und fühlt sich jedes Mal, wenn sie sich hinter den Wolken verbirgt, persönlich angegriffen. „Das machen die doch mit Absicht", beschwert er sich dann. Wen er damit meint? Keine Ahnung, vielleicht die, die die Wettervorhersage verkünden, oder gar Gott und seine Engelsschar bzw. Petrus. Eines ist jedenfalls sicher, nämlich, dass sowohl mein Vater als auch ich bis zur letzten Minute unseres Lebens versuchen werden, so viele Sonnenstrahlen wie möglich einzufangen. Ganz nach dem Vorbild meines Opas, der praktisch blind und hochgradig schwerhörig war, die Sonne jedoch bis zuletzt genießen konnte. Und wie sagte er so schön im Sommer vor seinem Tod: „Diesen Sommer nehme ich noch mit, dann reicht es aber." Ich hoffe, dass es meinem Vater und mir noch lange nicht reicht und dass es uns vielleicht doch noch gelingt, meine Mutter von den Vorteilen des Sonnenbadens zu überzeugen. Doch wie soll man einem Fisch das beibringen?

Insektenschreck

ZUM Glück ist der Sommer endlich vorbei und damit auch die Heuschreckenzeit. Blöd nur, dass sie quasi direkt von der Spinnenzeit abgelöst wird, da diese Insekten, sobald es draußen etwas kühler wird, in die Häuser flüchten. Spinnen finde ich zwar nicht ganz so abschreckend wie Heuschrecken, da sie immerhin nur laufen können und nicht hüpfen oder fliegen, was einen Angriff ihrerseits erschwert, mögen tue ich sie deshalb aber noch lange nicht, schließlich können sie ganz schön schnell krabbeln. Man sagt ja, dass Spinnen im Haus auf ein gutes Raumklima hindeuten, aber ehrlich gesagt hätte ich lieber ein schlechtes Klima und weniger Spinnen. Außerdem finde ich, dass das für Insekten passende Klima immer noch draußen herrscht, schließlich ist das ihre natürliche Umgebung. Alles andere ist doch unlogisch. Die Sache ist jedenfalls die, dass ich seit Herbstbeginn bereits mit mehreren Spinnen zu kämpfen hatte, darunter drei Riesenspinnen. Sie wissen schon, die großen schwarzen, die keine Netze weben und den ganzen Tag nur so rumsitzen. Wie die wohl an etwas zu essen gelangen? Wahrscheinlich fressen sie die noch vom Sommer zuhauf unter Schränken und Sofas liegenden Insektenleichen. Dass Wespen, Fliegen und Käfer aber auch so dumm sind, sich in ein Haus zu verirren! Wobei das eigentlich Dumme ist, dass sie nicht wieder hinausfinden, dabei müssten sie sich oft nur ein paar Zentimeter weiter nach oben oder unten bewegen, um zu entwischen. Aber nein, stattdessen fliegen sie lieber ein dutzendmal gegen die Scheibe des geöffneten

Fensters. Da fällt mir ein, dass mir irgendjemand mal erklärt hat, es kann sich eigentlich nur um meinen Freund handeln, denn wer außer ihm weiß so etwas schon, dass Fliegen ein so kurzes Gedächtnis haben, dass sie bereits nach wenigen Sekunden, vielleicht waren es sogar Millisekunden, nicht mehr wissen, was sie gerade getan haben. Das würde zumindest das wiederholte Gegen-die-Scheibe-Dotzen erklären. Ob das auch auf Wespen zutrifft, kann ich nicht sagen, über diese Insekten weiß ich nur, dass sie deshalb immer so unkontrolliert hin- und herfliegen, da sie sehr schlecht sehen. Das ist ja genau das, was uns Menschen immer so an ihnen stört, diese hektischen Flugbewegungen, die es unmöglich machen, vorherzusehen, wo das Viech als nächstes hinfliegt. Ach ja, und dann weiß ich natürlich, wiederum von meinem Freund, das mit dem Holz-Essen zum Zwecke des Nestbaus, Sie erinnern sich. Ihre mangelnde Intelligenz beweisen flugfähige Insekten auch immer wieder bei dem Versuch, unter einem Sonnenschirm hervorzufliegen. Ihr nicht nachzuvollziehendes Verhalten veranlasst mich regelmäßig zu belustigtem Kopfschütteln. Wie kann es sein, dass sie unter einem nach allen Seiten offenen Sonnenschirm verenden? Wieso um Himmels willen fliegen diese Viecher immer nur nach oben, in die Richtung, die ihnen als einzige den Weg in die Freiheit versperrt? Manchmal habe ich sogar Mitleid mit ihnen und wenn sie nicht gar zu groß und eklig sind, rette ich schon mal das eine oder andere Flugtierchen. Dabei muss ich gerade an ein anderes Mysterium denken, nämlich die Tatsache, dass Marienkäfer bei allen Menschen, mich eingeschlossen, ein entzücktes „Oh wie süß, ein Marienkäfer" entlocken, während andere, gleich große jedoch weniger hübsch verzierte Käfer meist ein „Igitt, ein Käfer" hervorrufen. Tja, Kleider machen eben Leute, selbst im Reich der Insekten. Ganz schlimm finde ich es ja, wenn Leute präparierte Insekten besitzen, die sie in Schaukästen aufbewahren. Leider gehört mein Vater auch dazu, und so grüßen einen am oberen Treppenabsatz jede Menge aufgespießte Schmetterlinge in verschiedensten Farben und Formen. Widerlich. Stellen Sie sich einmal vor, Außerirdische würden sich ein paar Menschen schnappen, sie töten, ausstopfen und in ihren Häusern, oder wo auch immer Aliens leben, ausstellen. Keine schöne Vorstellung. Aber hier ist die Tötung von Insekten ja gang und gäbe und wird allerorts durchgeführt. Selbst ich habe schon so einige auf dem Gewissen, darunter etliche Stechmücken sowie eine Vielzahl an Lebensmittelmotten, die sich regelmäßig in meinen Essensvorräten breitmachen. Das geht nun wirklich zu weit, die sollen sich gefälligst ihre eigenen Nahrungsquellen suchen! Erst letztens wieder habe ich in der Knäckebrot-Packung diese typischen Gespinste entdeckt. Als mein Freund sich eine Scheibe aus der Packung nahm, hingen vom Knäckebrot verdächtige Fäden herab, auf die ich ihn sofort hinwies. Und wissen Sie, was er antwortete? „Die stammen doch nicht von Motten, das sind bestimmt Gluten-Fäden." Gluten-Fäden, der hat ja echt keine Ahnung! Was ich ihm umgehend mitteilte. Doch er glaubte mir nicht und aß genüsslich sein Nutella-Knäckebrot. Da weiß ich einmal etwas besser als er und er schenkt dem einfach keine Beachtung. Echt niederschmetternd. Dann wiederum erklärte er mir jedoch, wie man die Viecher, noch bevor sie sich voll entfaltet haben, loswird. Und zwar muss man die verdächtigen Lebensmittel, wie z.B. Mehl, für 24 Stunden in die Gefriertruhe legen, so dass die Motteneier zerstört werden. Denn meistens sind die Schädlinge bereits in den geschlossen erworbenen Packungen enthalten. Die wieder aufgetauten Produkte seien angeblich noch genießbar. (Hm, aufgetautes Knäckebrot??) Da ich es selbst noch nie ausprobiert habe, kann ich Ihnen dies jedoch nicht garantieren. Zu Risiken und Nebenwirkungen wenden Sie sich an meinen Freund.

Was ich Ihnen jedoch garantieren kann, ist, dass ich nicht in der Lage bin, Insekten welcher Art auch immer anzufassen. Natürlich lässt es sich nicht vermeiden, dass das ein oder andere Insekt einem auf Arm oder Schulter fliegt oder gar an den Beinen hochkrabbelt, was schon schlimm genug ist. Doch sie willentlich zu berühren ist ausgeschlossen. Genau dies war auch das Problem, als ich eines Abends gemütlich vor dem Fernseher saß und Chips futterte. Plötzlich tauchte nämlich wie aus dem Nichts unter dem Fernsehschrank eine große, fette schwarze Spinne auf. Ich erstarrte. Sie hörte ebenfalls auf sich zu bewegen und blieb vor dem Fernseher sitzen. Was sollte ich nun tun, wie reagieren? Wie bereits erläutert, kam ein In-die-Hand-Nehmen und Raussetzen nicht in Frage. Instinktiv zog ich zunächst meine Beine unter dem Tisch hervor und kauerte mich in die Ecke des Sofas. Nicht, dass sie am Ende noch an mir hochkrabbelte! Während ich sie mit wachsender Panik beobachtete, fiel mir in einem klaren Moment meine höchst erfolgreiche Insekten-Beseitigungstechnik mithilfe von Tupperware-Artikeln ein. Allerdings müsste ich dafür nicht nur meine Beine wieder zurück auf den Boden stellen, sondern sogar aufstehen und an ihr vorbeilaufen, um in die Küche zu gelangen. Unmöglich, das Risiko konnte ich doch nicht eingehen! Andererseits müsste ich spätestens beim Zubettgehen, wahrscheinlich aber schon vorher für einen Toilettengang, wohl oder übel sowieso an ihr vorbei, würde sie sich entscheiden, den ganzen Abend dort sitzen zu bleiben. Vorsichtig schlüpfte ich also wieder in meine Hausschuhe, den Blick gebannt auf die Spinne gerichtet. Bewegungslos saß sie da. Gut, schön da sitzen bleiben bis ich wiederkomme, dachte ich bei mir, insgeheim auf telepathische Fähigkeiten meinerseits hoffend. Sie schien zu begreifen, denn auch während ich mich langsam an ihr vorbeischlich, rührte sie sich nicht vom Fleck. Nach einigen aufreibenden Minuten, die sich wie Stunden anfühlten, hatte ich den Weg an ihr vorbei und in die Küche geschafft. Schnell griff ich mir eine Plastikschüssel und machte mich auf den Rückweg. Vorsichtig lugte ich um die Ecke ins Wohnzimmer, doch der Platz vor dem Fernseher war leer. Mist, ich hätte mit ihrem Auftauchen rechnen müssen und mich schon vorsorglich mit einem Plastikbehälter bewaffnen sollen. Aber zu spät. Da der Fernseher noch lief, musste ich so oder so wieder zurück ins Wohnzimmer, und wenn nur, um ihn auszuschalten. Eigentlich wollte ich natürlich den romantischen Liebesfilm weiterschauen, dieses Vergnügen konnte ich mir schließlich nicht einfach verderben lassen, noch dazu von einer – hoffentlich – harmlosen Spinne! Ich entschloss mich daher, ihre Anwesenheit im Raum zu ignorieren und mich stattdessen voll und ganz auf die überaus gelungene Inszenierung einer Liebesgeschichte zu konzentrieren. Dies gestaltete sich jedoch äußerst schwierig, da ich nicht umhinkam, meinen Blick ständig über den Boden schweifen zu lassen und die nähere Umgebung gewissenhaft abzuscannen. Bei jeder noch so kleinen Bewegung um mich herum, die ich mir natürlich nur einbildete, zuckte ich zusammen und zog meine Beine hoch, wobei ich mehrmals an den Metallfüßen des Fernsehtischchens hängenblieb und mir so einige hässliche blaue Flecke zuzog, ganz abgesehen von den damit einhergehenden Schmerzen.

Gerade als ich mich etwas entspannt hatte, da seit ihrem Verschwinden bereits eine halbe Stunde vergangen war und ich mir ziemlich sicher war, dass sie sich wieder unter den Fernsehschrank verkrochen hatte, nahm ich durch die Glasplatte des Tischchens vor mir eine Bewegung wahr. Sofort setzte sich automatisch der Mechanismus des Beine-Hochziehens in Gang, wobei ich diesmal nicht nur vor Schmerzen aufschrie, sondern auch wegen des Anblicks der sich wenige Zentimeter vor mir befindenden Spinne. Angesichts meines ohrenbetäubenden Schreies hielt sie abrupt in ihrem Krabbeln inne und blickte mich, falls man das von einer Spinne überhaupt sagen kann, mit vorwurfsvollem Blick an. Wahrscheinlich war sie genauso erschrocken wie ich. Blöderweise saß sie so ungünstig, dass es mir unmöglich war, ihr das Plastikgefäß überzustülpen. Außerdem hätte ich mich dabei sehr nahe an sie heranwagen müssen, was ich mich dann irgendwie doch nicht traute. So langsam kam ich ins Schwitzen und mein eines Bein, das in einem sehr ungünstigen Winkel lag, fing bereits an einzuschlafen. Es war also rasches Handeln geboten. Gerade als ich mich entschlossen hatte, es doch mit der Tupperschüssel zu versuchen, fiel mein Blick auf das neben mir liegende

Sofakissen. Wie ein Geistesblitz kam mir die Idee, besagtes Kissen auf die Spinne zu werfen und sie damit außer Gefecht zu setzen. Ohne weiter darüber nachzudenken, griff ich es mir und schleuderte es in Richtung des verhassten Insektes. Getroffen, welch ein Glück! Aber war das Kissen auch schwer genug, die Spinne darunter gefangen zu halten? Ich war mir nicht sicher und so holte ich von nebenan zwei Bücher, die ich dann unter Einhaltung eines gewissen Sicherheitsabstandes mit ausgestreckten Armen auf das Kissen fallen ließ. Das müsste reichen. Endlich konnte ich aufatmen, wobei mir der Gedanke, dass direkt vor mir eine Spinne begraben lag, nicht sonderlich behagte. Aber wenigstens konnte ich nun in Ruhe das Happy End der Liebesromanze verfolgen.

Als der Film zu Ende war, machte ich mich nach der Beseitigung der Chipskrümel auf den Weg zur Haustür, um diese abzusperren. Glücklicherweise hatte ich ausnahmsweise mal das Licht im Gang angemacht, sodass ich die vor der Eingangstür sitzende Spinne des gleichen Formats wie diejenige im Wohnzimmer rechtzeitig erblickte und ihr so gerade noch ausweichen konnte. Von Türe-Zuschließen war nun keine Rede mehr, da es außer Frage stand, mich dem Krabbeltierchen mehr als nötig zu nähern. Allerdings fiel mir auf, dass das mit der Tupperware in diesem Fall ganz gut funktionieren könnte, weshalb ich mich schnurstracks zurück ins Wohnzimmer begab, um selbige zu holen. Bei meiner Rückkehr stellte ich erleichtert fest, dass die Spinne sich in meiner Abwesenheit nicht bewegt hatte. Auf Zehenspitzen und den Atem anhaltend pirschte ich mich an sie heran, wobei ich mich fragte, ob Spinnen überhaupt des Hörens fähig sind. Doch ich wollte auf Nummer sicher gehen und so verhielt ich mich so leise wie möglich, auch darauf achtend, nicht zu fest aufzutreten, für den Fall dass sie sich durch Vibrationen des Bodens provoziert fühlen könnte. Durch diese Herangehensweise gelang es mir tatsächlich, das Viech nicht zu verschrecken und ihm gekonnt die Plastikschüssel überzustülpen. Eine Welle der Erleichterung durchflutete mich und ich war sichtlich stolz darauf, die Gefahr so zügig gebannt zu haben. Zufrieden begab ich mich nach dem Abschließen der Haustüre ins Bad, um mich für die Nacht fertig zu machen. Dabei stolperte ich fast über ein umgedrehtes Glas, das sich hinter der Badezimmertür befand und unter dem ich seit dem Tag zuvor ein kleineres Spinnenexemplar gefangen hielt. Wird wirklich Zeit, dass mein Freund kommt, dachte ich bei mir, während ich meinen Zahnputzbecher mit Wasser füllte. Es muss eine göttliche Eingebung gewesen sein, dass ich just vor dem ersten Schluck in den Becher schaute, in dem eine mittelgroße, hellbraune Spinne schwamm. Kreischend ließ ich den Becher fallen, dessen Inhalt samt Spinne sich ins Waschbecken ergoss, wo sie vom Wasserstrudel mitgerissen in den Abfluss gespült wurde. Mit zitternden Händen betätigte ich den Wasserhahn und ließ ihn noch eine ganze Weile laufen, um sicherzugehen, dass das Viech nicht irgendwo im Siphon hängengeblieben war und sich des Nachts wieder nach oben schlich. Das hatte ich nämlich schon mal in der Dusche erlebt, als eine eigenhändig heruntergespülte Spinne kurz darauf wieder aus dem Abfluss krabbelte. Das Risiko konnte ich natürlich nicht eingehen.

Fix und fertig ließ ich mich kurz darauf in mein Bett fallen, wobei mir nicht aus dem Kopf ging, wie mir irgendjemand mal erzählt hatte (diesmal handelte es sich nicht um meinen Freund), dass jeder Mensch in seinem Leben während des Schlafs unzählige Spinnen verschluckt, ohne es zu merken. Eine gruselige Vorstellung, die mich an jenem Abend noch lange wach hielt, zusammen mit dem Gefühl, irgendetwas krabbele auf mir herum. Schließlich schlief ich jedoch ein, wobei mich die Spinnen auch im Traum verfolgten, in welchem ich mich in einer Höhle voller Riesenspinnen wiederfand, ganz so wie in Harry Potter. Schweißgebadet wachte ich am nächsten Tag mit einem bitteren Geschmack im Mund auf, der hoffentlich nicht von verschluckten Spinnen herrührte. Auf meinem Weg ins Bad zur Morgentoilette ließ mich ein schwarzer Fleck auf dem Teppich innehalten. Bei näherem Hinschauen entpuppte sich der Fleck als Spinnenleiche, die dermaßen zerquetscht war, dass sie kaum noch als solche zu identifizieren war. Nur langsam dämmerte es mir, dass wohl ich es gewesen sein musste, die das Insekt bei meinem nächtlichen Klogang zertreten hatte. Barfuß! Schauer des Grauens überliefen mich bei dieser Vorstellung. Bei meiner Spurensicherung stieß ich im Bad auf verdächtige schwarze Streifen auf den Fliesen, wobei es sich höchstwahrscheinlich um zermalmte Spinnenteile handelte, vornehmlich Beine. Bei dem Gedanken an das nächtliche Geschehen wurde mir ganz übel, doch es war ja nicht mehr rückgängig zu machen. Um die Leiche nicht noch weiter zu schänden, bedeckte ich sie mit einem Handtuch, um das ich im Laufe des Tages einen großen Bogen machte.

Ich fühlte mich zunehmend unwohl mit so vielen toten und

lebendigen Spinnen im Haus und war überglücklich, als es endlich an der Tür klingelte und ich die Stimme meines Freundes am anderen Ende des Sprechgerätes vernahm. „Warte, ich komme runter und mache dir auf", sagte ich zu ihm, woraufhin er wissen wollte, warum ich nicht einfach den automatischen Türöffner betätigte. „Das ist im Moment nicht möglich, die Tür darf nur ein kleines Stück aufgemacht werden, wirst gleich sehen warum", erklärte ich ihm. Unten angekommen versuchte ich ihm zunächst durch die sich rechts und links der Haustür befindenden Verglasungen gestikulierend klarzumachen, dass er die Türe ja nicht zu weit aufstoßen solle. Dann drückte ich langsam die Klinke nach unten und öffnete die Haustür einen Spalt breit. „Wie soll ich denn da durchkommen?", fragte mein Freund irritiert. „Und überhaupt: Was soll das Ganze?" Ich erklärte ihm geduldig, dass sich in kurzer Entfernung hinter der Tür eine unter einer Tupperdose eingesperrte Spinne befände, weshalb es nicht möglich wäre, die Tür weiter zu öffnen. „Aber verlassen kannst du das Haus dann ganz normal durch die geöffnete Haustür, nachdem du die Spinne von dort entfernt hast", beruhigte ich ihn. „Jetzt sag nicht, dass ich nur deshalb vorbeikommen sollte", meinte mein Freund, nachdem er sich mit Müh' und Not durch den Türspalt gequetscht hatte. „Natürlich nicht", versicherte ich ihm, „aber wo du schon mal da bist..." Seufzend schnappte er sich ein Blatt Papier, schob es unter die Schüssel und beförderte die Spinne nach draußen. „Siehst du, das war doch ganz einfach", lobte ich ihn, was mir einen bösen Blick einbrachte, der mich wahrscheinlich darauf hinweisen sollte, dass ich es, wenn es so einfach war, doch auch hätte selber machen können. „So, das wäre erledigt", sagte er, „können wir dann jetzt deinen neuen Computer einrichten?" „Noch nicht", erwiderte ich, „da sind noch mehr." „Mehr was?", fragte er mich. „Na, mehr Spinnen, die du beseitigen musst. Aber keine Angst, manche davon sind bereits tot", erklärte ich, während ich ihn ins Wohnzimmer zog und auf die Stelle mit dem Kissen und den Büchern deutete. „Ich nehme mal an, sie hat meine Kissenattacke nicht überlebt", sagte ich mit Bedauern in der Stimme, da ich ja an sich dagegen bin, Tiere aller Art vorsätzlich zu töten. Doch als mein Freund die Gegenstände entfernte, schrie ich überrascht auf, als ich sah, wie die totgeglaubte Spinne sich zügig in Richtung Wandschrank bewegte. Mein Freund konnte sie gerade noch aufhalten und setzte sie behutsam auf dem Balkon aus, wogegen ich protestierte, da ich mal gehört hatte, dass man die Tierchen sehr weit entfernt vom Haus aussetzen sollte, da sie sonst bei der nächsten Gelegenheit wieder nach drinnen kämen. Ich verstummte jedoch sofort, als ich den Gesichtsausdruck meines Freundes sah und er mir drohte, die restlichen Spinnen bzw. mich meinem Schicksal zu überlassen. Mucksmäuschenstill führte ich ihn nach oben, wo er mit Entsetzen in den Augen und ungläubigem Blick die zermatschte Spinne vom Boden kratzte, während ich das Handtuch mit spitzen Fingern in den Wäschekorb beförderte. Als auch die letzte Spinne ihren Weg in die Freiheit gefunden hatte bzw. friedlich ruhend im Garten lag, konnte ich endlich aufatmen. Auch mein Freund war sichtlich erleichtert, dass die Rettungsaktion nun beendet war. Anschließend hielt er mir noch einen Vortrag über die Nützlichkeit von Spinnen, dem ich jedoch nicht aufmerksam folgen konnte, da ich fasziniert beobachtete, wie eine Minispinne sich von der Decke abseilend in seinem Haar niederließ, wo sie wahrscheinlich immer noch sitzt, da mein Freund sich durch meine Versuche, ihn über die Anwesenheit der Spinne auf seinem Kopf aufzuklären, nicht unterbrechen ließ und seinen Vortrag mit dem Satz beendete: „Wir sollten diesen kleinen Tierchen immer die Freiheit lassen, sich dort aufzuhalten, wo sie sich wohlfühlen." Na dann...

Beim Arzt

„Aᴄʜ Scheiße, dann bin ich ja völlig umsonst gekommen!"
Während meine Mutter mich tadelnd ansieht und mein
Vater sich angelegentlich räuspert, lässt mein Hausarzt ein
„Na, na" verlauten. Zu dritt sitzen wir in seiner Allgemei-
narzt-Praxis, da uns alle eine schlimme Erkältung erwischt
hat. Und soeben hat mir der Arzt mitgeteilt, dass die Er-
gebnisse meiner Blutanalyse noch nicht da sind, obwohl
er mich extra deswegen an diesem Tag einbestellt hatte.
„Na ist doch wahr", maule ich, „dann wäre ich lieber im
Bett geblieben." „Dann würden Sie aber auch keine schöne
Aufbauinfusion bekommen", gibt der Hausarzt zu bedenken. „Ich will ja auch gar keine, im Bett liegen ist bestimmt
effektiver als Ihre Infusion." Daraufhin erwidert er mit be-
leidigter Stimme: „Sie können ja auch wieder heimgehen."
Leider kann ich das eben nicht, ich muss nämlich auf meine
Eltern warten, die dem Infusions-Vorschlag begeistert zu-
gestimmt haben und also noch eine Weile beschäftigt sein
werden. „Echt Scheiße!" Diesmal ernte ich für meinen Aus-
bruch ein entrüstetes „Also wirklich!" von Seiten meiner
Eltern. „Ich meinte natürlich: Es ist höchst ärgerlich, extra
den weiten Weg hierher angetreten zu haben und erst vor
Ort über das Fehlen meiner Blutwerte informiert worden
zu sein." Ja, ich kann auch anders.
Während ich noch vor mich hin schmolle, packt meine
Mutter ein dickes Buch aus und legt es unserem Arzt vor
die Nase, mit den Worten: „Ich habe Ihnen hier einmal ein
interessantes Buch mitgebracht, da steht genau drin, was

man im Falle von so hartnäckigem Husten, wie wir ihn alle haben, tun soll." Typisch, immer versucht sie den Arzt davon zu überzeugen, dass sie mehr weiß als er. „Der Autor empfiehlt ja, dieses bestimmte Mittel hier zu nehmen. Allerdings in einer wesentlich höheren Dosierung als sonst üblich", erklärt sie. „Kennen Sie das, haben Sie schon davon gehört?" Hat der Herr Doktor leider nicht, doch meine Mutter besteht darauf, es verschrieben zu bekommen. Nach einigem Hin und Her und nachdem der Fachmann in seinem schlauen roten Buch nachgeschlagen und sich von der Ungefährlichkeit des Medikaments überzeugt hat, gibt er schließlich nach: „Ich finde hier zwar nirgends, dass Husten eine Indikation für dieses Mittel wäre, aber wenn Sie unbedingt wollen, verschreibe ich es Ihnen." Mit einem zufriedenen Lächeln meint meine Mutter: „Also ich bin ja kein Experte, aber..." „Schon gut", unterbricht er sie und reicht ihr das Rezept. „Sonst noch was?" Tatsächlich hat meine Mutter noch ein paar Bestellungen aufzugeben: „Wir bräuchten noch Ibuprofen." „Wie viele?" „Was für Packungsgrößen gibt es denn? Ach egal, schreiben Sie mal die größte auf." „Und welche Stärke?" „Da nehmen wir mal die mittlere, oder?", wendet sie sich an meinen Vater und mich. Wir schauen uns an und zucken nur mit den Schultern. „Also die mittlere", entscheidet meine Mutter. „Und dann noch Wund- und Heilsalbe", ergänzt sie. „Und Vitamin C und D, das kann man ja immer brauchen. Ach ja, und diese Tropfen zum Gurgeln, Sie wissen schon, welche ich meine." Seufzend macht sich unser Arzt ans Werk. „Auf wen soll ich das Rezept ausstellen?" „Ach, machen Sie's mal auf meinen Mann. Da stehen die Chancen höher, dass wir es ersetzt bekommen. Schließlich ist er privat versichert." Nachdem sie auf ihrem Notizzettelchen nachgeschaut hat, ob die Bestellung auch komplett ist, nimmt sie mit einem Nicken die Rezepte in Empfang, nicht ohne sich rückversichert zu haben, ob das Vitamin C auch die richtige Stärke hat, das Vitamin D eine hohe biologische Wertigkeit besitzt und es sich bei der Salbe um die 50-Gramm-Tube handelt. Derweil wendet sich mein Vater mit gequälter Stimme an den Doktor: „Was mache ich bloß gegen das Halsweh? Ich kriege kaum noch einen Schluck runter." Bevor er jedoch eine fachmännische Antwort erhält, mischt sich meine Mutter ein: „Ich würde halt auch kein eiskaltes Bier trinken, wenn ich krank wäre, sondern lieber einen heißen Tee." Gerade noch kann ich ein abfälliges Schnauben unterdrücken, da ich meinen Vater noch nie habe Tee trinken sehen, schon gar nicht als Alternative zu Alkohol, bevor ich ihn frage: „Hast du überhaupt schon jemals Tee getrunken?" „Ja, vorhin im Wartezimmer", erwidert er nicht ohne Stolz. „Aber auch nur, weil er schon fertig war und du nichts tun musstest", lästert meine Mutter. Empört verteidigt sich mein Vater: „Ich habe dir doch erst vor ein paar Tagen einen Tee gebraut, als du krank wurdest." Mühsam ein Lachen unterdrückend sage ich: „Gebraut, ja? Wie sah denn der Brauvorgang aus? Ich nehme mal an, du hast das Beutelchen aus der Packung und in die Tasse. Und wie ich dich kenne, hast du es mit lauwarmem Leitungswasser übergossen, um nicht den Wasserkocher benutzen zu müssen, schließlich verbraucht der ja viel zu viel Strom." „Gar nicht wahr", setzt mein Vater gerade an, als der Arzt, dessen Anwesenheit wir völlig vergessen hatten, durch ein lautes Räuspern auf sich aufmerksam macht und meine Mutter und mich so dazu bringt, unser Lachen einzustellen. „Also", erläutert er, „Sie bekommen jetzt eine Infusion mit Alpha-Liponsäure, danach Vitamin C und Zink und anschließend noch eine Spritze mit Cystein." „Und was soll das bringen?", platze ich heraus. „Das stärkt alles das Immunsystem und regt die Selbstheilungskräfte an", erklärt er leicht ärgerlich. „Sie bekommen etwas anderes, Sie wollen ja keine Infusion. Bei Ihnen machen wir mal eine UV-Bestrahlung des Blutes." Wie ich später von der Schwesternhelferin erfahren werde, wird UV-Strahlung unter anderem in Krankenhäusern zur großflächigen Desinfektion eingesetzt. Sehr beruhigend.

Missmutig mache ich mich also auf den Weg in die Kabine, wo ich mit den Worten „Machen Sie es sich bequem" begrüßt werde. Bequem, dass ich nicht lache! Nach ca. zehn Minuten des Wartens, während derer ich versuche, mich mental auf die bevorstehende Behandlung vorzubereiten, betritt die Schwesternhelferin die Kabine, meine Eltern samt Infusionsständer im Schlepptau. „Sie haben doch sicher nichts dagegen, wenn ich Ihre Eltern zu Ihnen setze, oder? Eine Antwort wartet sie gar nicht erst ab und macht sich stattdessen an meinem Arm zu schaffen. „Darf ich bei Ihnen stechen oder soll das lieber der Chef machen?" Darüber hatte ich mir bis jetzt keine Gedanken gemacht, aber wenn sie so fragt... „Wenn Sie's können, dann dürfen Sie. Ansonsten lieber der Chef." Der jedoch ist leider im Moment verhindert, weshalb doch sie zum Stechen ansetzt. „Jetzt mal tief einatmen, und ausatmen." „Aaaauuuu", schreie ich. „Oh, da habe ich wohl die Venenwand getroffen." „So fühlt es sich auch an", grummele ich. Nachdem sie die Nadel noch ein paarmal kräftig hin und her bewegt hat, nicht ohne sich aufgrund meiner Schmerzensschreie wiederholt zu entschuldigen, sitzt das Ding endlich. Das grenzt ja an Körperverletzung! Meinen Eltern ist es ihren finsteren Mienen nach anscheinend auch nicht besser ergangen. Während bei mir Blut abgezapft, bestrahlt und wieder in mich hineingepumpt wird, hängen meine Eltern schon an der dritten Infusionsflasche. Da mein Arm jetzt sowieso schon angestochen ist, entscheide ich mich spontan doch noch für eine Vitamin C- und Magnesiuminfusion. Zur Gewissensberuhigung. Damit ich auch weiß, dass ich ausreichend was gegen den Infekt unternommen habe. Nachdem die Pflegekraft, diesmal ein Mann, sie mir angelegt und mir erklärt hat, dass er sie vorsichtshalber ganz langsam laufen lässt, da es sonst zu unangenehmen Nebenwirkungen kommen könnte, bitte ich ihn, mir ein Glas Wasser einzugießen. „Osmose oder Base?", will er von mir wissen. „Äh, einfach Wasser." Ob meines ratlosen Gesichtsausdruckes entscheidet er für mich und ich frage auch nicht weiter nach. Schmecken tut es allerdings irgendwie metallisch.

Kurze Zeit später kommt die Schwesternhelferin von vorhin wieder und fragt mich: „Darf ich Ihnen noch ein paar Akupunkturnadeln setzen?" „Ehrlich gesagt, nein", ist meine Antwort. Überrascht schaut sie mich an. Damit hatte sie wohl nicht gerechnet, wahrscheinlich handelte es sich dabei um eine rein rhetorische Frage. Leicht beleidigt zieht sie wieder ab und ich erkläre meinen ebenso erstaunten Eltern, dass das doch wieder nur so ein Trick sei, um bei der Kasse eine Akupunktur-Sitzung abrechnen zu können und so mehr Geld zu kassieren. Als Privatpatient hat man es wirklich nicht leicht, ständig werden einem unnütze Untersuchungen und Behandlungen aufgeschwätzt. Beim Orthopäden musste ich sogar schon einmal eine Erklärung unterschreiben, die da lautete: „Die Patientin weigert sich, den rechten Fuß röntgen zu lassen." Das war auch wieder nur so eine Masche, zu versuchen, mich dermaßen zu verunsichern, dass ich einer – absolut unnötigen – Röntgenaufnahme zustimme. Das bringt schließlich Geld, nur mir leider nichts außer einer höheren Strahlenbelastung. Aufgrund der vorwurfsvollen Blicke meiner Eltern füge ich noch hinzu: „Außerdem glaubt ihr doch nicht wirklich, dass die eine Akupunktur-Ausbildung hat. Die hat doch keine Ahnung!" Das scheint ihnen zu denken zu geben und sie protestieren nicht weiter. Nach einem Blick auf die Uhr und die noch verbleibende Menge an Infusionssflüssigkeit fordere ich meine Eltern auf: „Kommt jemand von euch an meinen Infusionsschlauch? Dreht das mal ein bisschen schneller!" Doch sie trauen sich nicht, schließlich liegt keine ärztliche Anweisung vor. „Dann mache ich es halt selber", sage ich und drehe unter Zuhilfenahme meines freien Armes kräftig am Rädchen. „Na also, geht doch", sage ich zufrieden angesichts der nun wesentlich höheren Tropfgeschwindigkeit. 20 Minuten und mehrere Übelkeitsattacken und Schwindelanfälle später ist das Ding endlich leer und ich klingele nach der Schwester, die auch prompt kommt, mich überrascht ansieht und sagt: „Das ging aber schnell." Unschuldig sehe ich sie an und lächle nur matt. „Sie sehen aber blass aus, da messe ich doch lieber mal den Blutdruck", verkündet sie nach einem weiteren Blick in mein Gesicht. „Nicht nötig, mir geht's super", will ich gerade sagen, als mir abermals leicht schwarz vor Augen wird. Doch die Schwester ist sowieso schon längst verschwunden und taucht wenig später mit Sauerstoff- und Blutdruckmessgerät wieder auf. „100 zu 65, ein bisschen niedrig. Der Sauerstoffgehalt ist in Ordnung. Wollen Sie sich noch einen Augenblick hinlegen?" Ich will nicht, schnappe mir meine Tasche und taumele ins Wartezimmer, wo meine Eltern schon seit geraumer Zeit ausharren. Als auch sie einen Kommentar zu meinem Zustand abgeben wollen, winke ich ab und sage: „Lasst uns einfach gehen." Im Aufzug wird mir noch mal so richtig schlecht, bevor wir endlich auf der Straße stehen und ich begierig die frische Luft einsauge. Wie oft habe ich mir schon geschworen, mir keine dieser dubiosen Infusionen mehr andrehen zu lassen?! Immer geht es mir danach schlechter als vorher. Aber möglicherweise ist das auch der Trick: Wenn es einem von der Infusion schlechter geht, dann denkt man vielleicht, sobald die Wirkung nachlässt und es einem wieder besser geht, dass es einem besser geht als vor der Infusion, was natürlich ein Trugschluss ist. Wie dem auch sei, ich bin froh, dass ich den Laden erst einmal nicht mehr betreten muss. Will nur noch ins Bett. Vorher jedoch machen wir noch einen kurzen Abstecher in die Apotheke, um uns mit Vorräten einzudecken und die vielen Rezepte einzulösen. Der Apotheker ist ganz aus dem Häuschen angesichts der Menge an Medikamenten, die wir von ihm erwerben wollen, und steckt uns gleich mehrere kleine Werbegeschenke mit in die Tüte, während er sich mit einem fröhlichen „Auf Wiedersehen" verabschiedet. Das hättest du wohl gerne, denke ich bei mir. Im Gegensatz zu ihm hoffe ich nämlich, dass wir uns so schnell nicht wiedersehen. Zu Hause angekommen inspiziere ich erst einmal die Geschenke: drei Packungen Taschentücher (haben wir selbst genug), zwei Päckchen Badezusatz (ich hasse Baden) und mehrere Stück Grüntee-Limone, im Plastikbeutel! Da mir das äußerst suspekt vorkommt, überprüfe ich die Inhaltsstoffe, nur um in der zweiten Zeile auf Aspartam zu stoßen. Habe ich's doch gewusst, da ist Gift drin! Mit einem triumphierenden Aufschrei verkündige ich: „Ha, die wollen uns doch vergiften, damit wir mit den dadurch ausgelösten Beschwerden wiederkommen. Die Apotheke macht wohl mit bei dem Wettbewerb *Wie erhalte ich mir meine Kunden*". Mein Vater ist ganz meiner Meinung und fügt hinzu: „Genau, und der Hauptgewinn ist ein zweiwöchiger Krankenhausaufenthalt." „Ja, auf der Intensivstation, mit Vollpension per Magensonde und Rund-um-die-Uhr-Service", ergänze ich.

Bevor wir uns noch weitere Details ausmalen können, unterbricht uns meine Mutter: „Lest lieber mal die Packungsbeilagen, damit wir überhaupt wissen, wie und wann man das Zeug nimmt." Widerwillig schnappe ich mir die Beipackzettel und zitiere: „Man nehme zwei Stück nüchtern eine halbe Stunde vor dem Frühstück mit reichlich Wasser. Von den anderen zwei- bis dreimal eine zwischen den Mahlzeiten, wobei zwischen Mahlzeit und der Einnahme mindestens eineinhalb Stunden vergangen sein müssen. Und hiervon eine zu den Mahlzeiten oder vor dem Zubettgehen, höchstens aber eine halbe Stunde vor oder nach dem Essen. Alles klar?" Meine Eltern sind noch am Rumdiskutieren, was genau nüchtern heißt und ob zwei am Tag wirklich ausreichen, als ich einen lauten Schrei loslasse. Alarmiert drehen sich meine Eltern zu mir um. „Da, da steht es: Schwere Niereninsuffizienz bis hin zum Tod!" Ich bin schockiert. Aber das ist noch nicht alles, auch eine veränderte Funktion der Blutplättchen, Halluzinationen, eine Störung des Geschmacksempfindens sowie Sehstörungen sind unter den Nebenwirkungen. Ebenso Bewegungsstörungen einschließlich extrapyramidaler(?) Krankheitsanzeichen, Krampfanfälle, Bewusstlosigkeit und (!)Koma. Falls man all das überlebt, kann man noch mit schweren Lebererkrankungen wie Gelbsucht und Leberversagen, schwerer Hautabblätterung wie z.B. dem Stevens-Johnsons-Syndrom und epidermaler Nekrolyse oder auch Knochenbrüchen rechnen. Eine Vergrößerung der Brustdrüsen ist ebenso drin, allerdings nur bei Männern. Die sind auch von Sexualstörungen im Sinne einer Verzögerung des Samenergusses oder einer Dauererektion bedroht. Nicht zu fassen! An dieser Stelle breche ich das Studieren der Packungsbeilagen ab und will von meinen Eltern wissen: „Wie sind nochmal die Öffnungzeiten unseres Hausarztes? Wir müssen unbedingt morgen wieder hin, zur Infusion, und übermorgen, und am Donnerstag auch." Schließlich sind die ja nichts gegen diese Horrormedikamente hier, die einem statt Heilung einen langsamen und qualvollen Tod garantieren!

Halloween mit Einstein

URSPRÜNGLICH hatten wir ja geplant, Halloween so zu feiern, wie es sich gehört: mit ausgehöhlten Kürbissen, Pumpkin Pie, Kürbissuppe, schaurigen Verkleidungen und einer zünftigen Party. Doch irgendwie kam alles anders. Zunächst einmal sprang einer nach dem anderen ab, sodass wir am Ende nur noch zu viert waren: mein Freund und ich und ein weiteres Pärchen. Zwei Tage vor dem 31. schrieb mir dann meine Freundin per Facebook, dass sie auf Kochen und Kürbisse-Aushöhlen dieses Jahr keine Lust habe. Daraufhin teilte ich ihr mit, dass meinem Freund inzwischen auch die Lust am Verkleiden vergangen war, woraufhin sie wiederum vorschlug, doch aus dem Ganzen einen Spieleabend zu machen oder wahlweise einen Film anzuschauen. Zunächst war ich wenig begeistert, denn was hatte das noch mit Halloween zu tun? Nachdem aber mein Freund und ich noch mit den Nachwehen einer Erkältung zu kämpfen hatten und eh nicht so in Partylaune waren, stimmte ich zu. Am 30. dann fragte sie an, ob wir aufgrund des plötzlichen Wintereinbruchs nicht statt Cocktails Glühwein und Grog trinken wollten. Von Halloween konnte nun also wirklich keine Rede mehr sein, doch ich war trotzdem einverstanden.

Als der Tag gekommen war, erreichte mich gerade noch eine SMS meiner Freundin, dass sich der Beginn unseres gemütlichen Beisammenseins um eine Stunde verschieben würde. Auch schon egal, dieses Jahr war ja eh alles wie verhext. Ich zog kurz in Erwägung, mir wenigstens mein Gesicht gruselig zu bemalen, doch war ich selbst dazu zu faul. So erschienen wir also in Zivil und unverkleidet. Das einzige, was an Halloween erinnerte, waren meine vom Vorjahr übriggebliebenen mitgebrachten Halloween-Special-Edition-Gummibärchen, bestehend aus Gummi-Geistern, Spinnen, Gebissen und kleinen Teufelchen, von denen mein Freund gemeint hatte, man könne sie doch niemandem mehr anbieten. Fast wäre es deswegen zu einem Streit gekommen, doch da das Haltbarkeitsdatum noch nicht überschritten war – was ich persönlich höchst verdächtig finde, denn wie viel Zucker und Konservierungsstoffe müssen die Dinger enthalten, wenn sie mehrere Jahre haltbar sind – lenkte er schließlich ein. In der Wohnung unserer Freunde angekommen machten wir es uns auf dem Sofa gemütlich und auf meine Bitte hin wurde nach anfänglichen Schwierigkeiten aufgrund des Mangels an Brandbeschleuniger sogar ein Kaminfeuer entfacht, welches jedoch mehr Rauch als Wärme verbreitete. Eigentlich hatten wir ja vorgehabt etwas zu spielen oder einen Film zu schauen, doch das Probieren der diversen uns von unserer Gastgeberin angebotenen Keks-Variationen und anderen Leckereien zog sich dermaßen in die Länge, dass wir dazu gar nicht mehr kamen. Zumal es im Anschluss noch mehrere Diavolo-Pizzen mit extra scharfem, selbst hergestelltem Chili-Belag gab, der eindeutig meine Toleranzgrenze überschritt und selbst den geübtesten Scharf-Essern Tränen in die Augen trieb. Schuld war allerdings vor allem die aus mir unerfindlichen Gründen aufgekommene Diskussion über die allgemeine und spezifische Einsteinsche Relativitätstheorie. Es muss an dem Glühwein, Honigmet und Sektgemisch gelegen haben, dass wir in diese fernen Sphären der Physik abgedriftet sind. Vielleicht auch an den giftigen Dämpfen des Kamins. Mitten in einer Diskussion über Kanarische Saucenspezialitäten und die Unterschiede diverser Whiskysorten platzte meine Freundin plötzlich mit folgender Frage heraus: „Seid ihr mit der Einsteinschen Relativitätstheorie vertraut? Mein Freund hat sie mir nämlich gestern erklärt und ich habe tatsächlich alles verstanden, ich kann es sogar erklären, bin aber dagegen." Mein Freund musste kurz auflachen und sagte: „Es handelt sich hier um bewiesene Gesetzmäßigkeiten, da kann man nicht dafür oder dagegen sein, das sind Tatsachen." „Und ich verstehe es ja auch, aber ich glaube es einfach nicht", erwiderte meine Freundin und fügte hinzu: „Schau doch mal, wie kann es denn sein, dass die Zeit unterschiedlich schnell vergeht? Wenn ich jetzt hier auf der Erde bleibe und mein Freund steigt in ein Raumschiff und kommt nach einem Jahr zurück, dann sind für mich hier unten vielleicht zehn Jahre vergangen. Das heißt, er ist nur ein Jahr älter, ich hingegen zehn Jahre, das geht doch gar nicht!" „Natürlich geht das", bekräftigten unsere beiden Freunde, woraufhin sie sich an mich wandte: „Verstehst du das?" Schwierige Frage, gehört hatte ich schon davon und mir war bekannt, dass diese Gesetzmäßigkeit existierte, was jedoch nicht hieß, dass ich sie gutheiße oder gar nachvollziehen kann. Das sagte ich auch meiner Freundin, die sich daraufhin wieder den Männern zuwandte und eine Erklärung verlangte. Noch bevor jedoch ihr Freund den Mund aufmachen konnte, überfuhr sie ihn schon mit den Worten: „Du bist jetzt mal still, du hast es mir ja bereits erklärt und mich nicht überzeugen können, jetzt ist ihr Freund dran." Erwartungsvoll schaute sie ihn an. „Na, das Ganze nennt sich ja *Relativitätstheorie*, es geht also immer um die Zeit in Relation. Nur von dir aus gesehen vergeht die Zeit im Raumschiff langsamer, für denjenigen, der darin ist, vergeht sie ganz normal schnell", erläuterte er ihr. „Aber jetzt überleg doch mal, wenn ich jetzt mit meinem Freund ausmache, dass wir beide an 365 Tagen jeweils eine Pizza essen, wie können ihm dann im Weltraum diese Pizzen reichen, da zwar für ihn anscheinend nur ein Jahr vergeht, für mich aber doch zehn. Das heißt, in echt vergehen ja zehn Jahre, da würde er doch verhungern", widersprach meine Freundin. „Nein", erwiderte ihr Freund, „für mich im Weltraum verginge die Zeit ja normal schnell, nur für dich, von außen betrachtet, vergeht sie für mich langsamer." „Ja und warum vergeht sie für mich langsamer?", wollte sie wissen. „Na, weil sich das Raumschiff schnell bewegt." Bislang hatte ich weise geschwiegen, doch an diesem Punkt warf ich ein: „Die Frage ist ja: Wenn ich jetzt ein gefühltes Jahr weg bin, für euch auf der Erde aber zehn Jahre vergangen sind, was ist dann mit meinen Haaren?" Daraufhin erntete ich spöttische Blicke und höhnisches Gelächter von Seiten der Männer und mein Freund meinte: „Dann wären sie wahrscheinlich ziemlich fettig und du müsstest sie mal waschen." „Haha", war mein einziger Kommentar. Meine Freundin hingegen schien meine Bedenken verstanden zu haben, denn sie sagte: „Ja genau, sind dann ihre Haare nur so viel länger, wie sie in einem Jahr wachsen würden oder in zehn? Und was ist mit den Fingernägeln?" Resigniert schauten sich unsere Freunde an. Währenddessen war mir eine super Geschäftsidee in den Sinn gekommen, die ich sogleich allen mitteilte: „Wenn da oben alles schneller geht, könnte man ja Arbeit ins Weltall outsourcen, das wär's doch!" Während unsere Freunde nur die Augen verdrehten, verkündete meine Freundin: „Ich hole jetzt mal Tux, unseren Erklär-Pinguin." Nachdem sie in ihrem Zimmer verschwunden war, blickte ich verwirrt zu ihrem Freund und sah ihn fragend an. „Tux ist das Maskottchen von Linux", sagte er nur. Ah ja. Man muss dazu sagen, dass der Freund meiner Freundin auch was mit Computern macht, so wie meiner, nur im Hardwarebereich, genauer gesagt im Sektor der Standortvernetzung.

Kurz darauf kam auch schon meine Freundin zurück und erklärte mir, dass sie den armen Tux aus dem Büro ihres Freundes gerettet habe, wo er ihren Worten nach den ganzen Tag der hässlichen Visage eines Mitarbeiters gegenüber saß und dass er ihr seitdem die Welt erkläre. Ihr Freund bestätigte das, indem er sagte: „Tux' Einzug in unsere Wohnung hat sehr positive Auswirkungen, besonders auf meine Freundin. Er hat uns bereits wertvolle pädagogische Dienste geleistet." Eigentlich dürfte mich das nicht überraschen, schließlich besitzt meine Freundin eine ganze Sammlung an Kuscheltieren, mit denen sie regelmäßig Gespräche führt. Ihr Freund übrigens auch, soweit ich weiß. Besonders beliebt sind die beiden Charming-Bären. Sie wissen schon, die aus der Klopapier-Werbung. Abgesehen von verschiedenen handgestrickten Kleidern zum Wechseln haben die beiden sogar eine eigene Facebook-Seite und natürlich bin ich mit ihnen befreundet, ist doch Ehrensache. Auch Tux soll nun eine eigene Seite bekommen, vielleicht eine, auf der er den zahlreichen Facebook-Usern die Welt und das, was sie im Innersten zusammenhält, erklärt. Fänd' ich gut. Aber zurück zu unserem missglückten Halloween-Abend. Leider war das Gespräch während der Abwesenheit meiner Freundin zu für uns uninteressanten Themen abgedriftet, sprich Computern und allem was dazugehört. Unsere zaghaften Versuche, die beiden Männer doch noch zu einer Runde spielen zu bewegen, scheiterten kläglich. Die restliche Zeit verbrachten meine Freundin und ich also im Halbschlaf, nachdem unsere Gesprächsthemen aufgrund der Anwesenheit unserer Freunde beschränkt und schnell erschöpft waren. Über Männer im Allgemeinen und unsere Freunde im Besonderen zu lästern war ja nicht möglich und auch kein Austauschen von Tipps im Umgang mit ihnen. So blieb uns nur ein Nickerchen.

Ein lautes „Schatz, wir gehen jetzt!" riss mich schließlich jäh aus meinen Träumen, in denen ich mit Lichtgeschwindigkeit im All herumsauste und von Stunde zu Stunde immer jünger wurde. Benommen sah ich mich um und erblickte meinen Freund, der bereits vollständig angezogen war und ungeduldig mit dem Fuß scharrte. „Los, zieh dich an", sagte er, während er mir meinen Schal und meine Jacke vor die Nase hielt. „Gehen wir etwa schon?", wollte ich wissen. „Was heißt hier schon, es ist fast 1.30 Uhr und ich will morgen früh aufstehen und arbeiten." „Aber wir haben ja noch gar nicht gespielt", erwiderte ich mit weinerlicher Stimme. Meine Freundin, die ebenfalls erwacht war, war ganz meiner Meinung und versuchte ihrerseits, ihren Freund zu einer Runde Poker zu überreden. Doch keine Chance, die beiden waren unerbittlich. Während ich mir umständlich die Schuhe zuschnürte, um etwas Zeit zu schinden, hatten sich unsere beiden Freunde abermals in ein Computerfachgespräch vertieft. Nun war ich es, die ungeduldig wurde und nach einer Weile verkündete: „Also dann ziehe ich mich wieder aus und setze mich nochmal." „Nein, nein, wir gehen ja schon", versicherte mir mein Freund und widmete sich wieder seinem Gesprächspartner. Ich blieb so lange sitzen und besprach mit meiner Freundin, welches nun der beste Termin für unsere Klamotten-Tauschbörse wäre. Diese hatten wir bereits einmal erfolgreich abgehalten und wollten sie nun um Schmuck und andere Accessoires erweitern. In diese wichtige Geschäftsbesprechung platzte mein Freund mit den Worten: „Was ist denn jetzt, kommst du?" Verärgert erhob ich mich und bedeutete meiner Freundin, dass ich sie in dieser Sache nochmal telefonisch kontaktieren würde. Als wir schließlich draußen waren, meinte mein Freund mit vorwurfsvoller Stimme: „Du hast mir versprochen, dass wir heute nicht so lange bleiben. Und jetzt schau mal, wie spät es wieder geworden ist." Ungläubig starrte ich ihn an. „Das meinst du doch jetzt nicht im Ernst, wer hat sich denn stundenlang unterhalten? Du doch wohl!" „Was heißt hier unterhalten, es ging dabei um hochwichtige Themen. Schließlich muss ich ja auch meine Geschäftsbeziehungen pflegen." „Ach, und ich etwa nicht? Ich hatte auch wichtiges Geschäftliches zu besprechen."

Vor lauter Diskutieren hatten wir nicht bemerkt, dass uns ein paar Jugendliche in Halloween-Kostümen gefolgt waren, die sich nun vor uns aufbauten und „Süßes oder Saures" skandierten. Ängstlich blickte mein Freund zu seinem Auto hinüber, um dessen Wohlergehen er sich offensichtlich sorgte, hatte er doch keinerlei Süßigkeiten oder Ähnliches anzubieten. Auch mir war klar, dass diese kleinen Gangster sicher nicht mit sich spaßen ließen und so deutete ich unauffällig auf die ausgebeulte Hosentasche meines Freundes, worin sich seine Zigaretten befanden. Entrüstet schaute mich mein Freund an und schüttelte den Kopf. Hätte ich mir denken können, dass er die nicht hergab. Und das obwohl es hier um die Unversehrtheit seines geliebten Autos ging, wenn nicht gar um die unsrige. Es war also an mir, unsere Haut und seinen fahrbaren Untersatz zu retten. Mit einem triumphierenden Grinsen zog ich die Schachtel mit den vom letzten Jahr übriggebliebenen Halloween-Gummifiguren, von denen auch dieses Jahr wieder nicht alle vernichtet wurden, aus meiner Tasche und überreichte sie dem Anführer. Nach einem kurzen prüfenden Blick nickte er zufrieden und die ganze Truppe zog von dannen. War ich die wenigstens auch los. Die Gummi-Dinger, meine ich. Noch ein Jahr hätten sie wahrscheinlich nicht gehalten, immerhin waren sie ja schon offen. Mein Freund war sichtlich erleichtert und lief schnellen Schrittes zu seinem Auto. Ein kleines Lob hatte ich mir schon erwartet und so sagte ich: „Siehst du, gut, dass ich die Dinger mitgenommen habe." Statt einer Bestätigung meinte er nur: „Wenn wir nicht so lange geblieben wären, wären wir denen erst gar nicht über den Weg gelaufen." Wortlos drehte ich mich um und rannte in die Richtung, in welche die Jugendlichen verschwunden waren, während ich laut rief: „Hey, gebt mir meine Gummibärchen zurück, ich habe hier etwas viel Besseres, ein nicht mal ein Jahr altes Auto, an dem ihr euch ruhig auslassen könnt. Und Zigaretten gibt es noch dazu." Das Gesicht meines Freundes stand einer Halloween-Maske in nichts nach und entschädigte mich ausreichend für den misslungenen Abend.

Das Duell

„STEH mal kurz auf", fordert mein Freund mich auf. „Wieso denn, ich sitze gerade so bequem", erwidere ich. „Mach einfach". Da er dies in verdächtiger Stimmlage sagt und mich dabei ganz ernst anschaut, ahne ich, dass Gefahr im Verzug ist und erhebe mich vorsichtig. „Was war denn nun?", schaue ich ihn fragend an. Er zeigt auf eine kleine Spinne, die sich hinter dem Sofa an der Wand befindet. „Wegen dem Winzviech musste ich jetzt aufstehen? Also vor so kleinen Spinnen habe ich nun wirklich keine Angst." Mein Freund hat das Spinnchen währenddessen von der Wand entfernt und sich auf den Handrücken gesetzt, wo er es fasziniert beobachtet. „Das ist eine Steatoda triangulosa, die erkennt man an dem weihnachtsbaumartigen Muster auf dem Rücken", erklärt er. Bei genauerem Hinsehen erkenne ich zwar ein Muster, welches entfernt an einen Nadelbaum erinnert, überzeugt bin ich jedoch nicht. „Du kannst mir ja viel erzählen, das googeln wir jetzt mal." Leider gibt der Artikel auf Wikipedia ihm recht und ich erfahre, dass es sich laut Institut für Schädlingskunde nicht etwa um einen Schädling handelt, sondern vielmehr um einen Lästling. Das Wort kannte ich noch gar nicht. Weiterhin lerne ich, dass ich es mit einer kosmopolitischen Spezies zu tun habe. Gut zu wissen. Vielleicht war es ja sogar eine Spinne dieser Gattung, die sich damals beim Vortrag meines Freundes über die Nützlichkeit dieser Insekten in seinem Haar niedergelassen hat. Ob die da wohl immer noch sitzt? Bevor mein Freund zu weiteren Ausführungen ansetzen kann, sage ich nicht ohne Stolz in der Stimme: „Dafür weißt du bestimmt nicht, was ein Bärtierchen ist." Er weiß es tatsächlich nicht und triumphierend setze ich zu einer Erklärung an: „Also, Bärtierchen sind meist weniger als einen Millimeter groß und haben acht Beine. Ihren Namen verdanken sie ihrem Aussehen und ihrer tapsig wirkenden Fortbewegungsweise. Das Faszinierende an diesen Tierchen ist, dass sie Kryptobiose betreiben und so die widrigsten Umstände überleben, wie z.B. extreme Hitze oder Kälte. Sie überstehen sowohl den Aufenthalt in kochendem Wasser als auch Temperaturen bis weit unterhalb des Gefrierpunkts. Außerdem überleben sie sogar starken Sauerstoffmangel bis hin zum Vakuum. Es wird deshalb von manchen vermutet, es müsse sich bei Bärtierchen um außerirdische Lebensformen handeln." Mein Freund ist sichtlich beeindruckt von meinem Wissen, legt aber sofort nach: „Wusstest du, dass der amerikanische Präsident Nixon die Sowjets damals glauben machen wollte, er wäre verrückt und zu allem fähig, damit sie Angst vor ihm haben? Man spricht sogar von der Madman-Theory." Dass die Amis verrückt sind, wusste ich ja schon immer. „Er ist sogar so weit gegangen, zwei völlig unbeteiligte Länder, nämlich Laos und Kambodscha, ohne Kriegserklärung einfach anzugreifen." Das ist mir wirklich neu, was ich mir jedoch nicht anmerken lasse. Stattdessen kontere ich: „Und ist dir bekannt, warum Prinz Philip auf der Insel Tanna als Gottheit verehrt wird?" „Keine Ahnung", erwidert er, „aber du wirst es mir bestimmt gleich sagen." „Die Prinz-Philip-Bewegung ist ein Kult, der vom Yaohnanen-Stamm betrieben wird. Ihren Mythen zufolge habe einst der Sohn des Berggeistes die Insel verlassen, um jenseits des Meeres eine mächtige Frau zu ehelichen. Nach Kontakten mit den britischen Kolonialherren kamen sie zu dem Schluss, dass diese Frau Elisabeth II. sein müsse, weshalb sie in Prinz Philip den lange zurückerwarteten Geist sahen." „Na, das ist ja höchst interessant", meint mein Freund mit ironischer Stimme. „Viel wichtiger zu wissen ist jedoch, was man unter *CamelCase* versteht." „Camel wie Kamel?", will ich wissen. „Ja, Camel wie Kamel." „Hm, vielleicht hat es was mit der Rettung aussterbender Kamele zu tun", schlage ich vor. Mein Freund grinst nur blöd. „Oder es geht um ein bestimmtes Kamel, vielleicht eines, das ausgerissen ist, so wie damals diese Kuh Yvonne, die irgendwo in Oberbayern entlaufen ist", meine ich ganz aufgeregt. „Sozusagen der Fall *Kamel*." Mein Freund kann sich vor Lachen kaum noch halten. „Wahrscheinlich hat es mit Kamelen überhaupt nichts zu tun, oder?", frage ich in beleidigtem Tonfall. „Doch, doch, in gewisser Weise schon", gluckst mein Freund, der sich prächtig zu amüsieren scheint. „Jetzt sag schon", fordere ich ihn genervt auf. „Na gut", lenkt er ein, während er immer noch mühsam sein Lachen zu unterdrücken versucht. „Als *CamelCase* bezeichnet man eine Schreibweise von zusammengesetzten Wörtern, bei der die einzelnen Worte ohne Zwischenraum aber jeweils mit einem Großbuchstaben am Anfang geschrieben werden." „Hä?", frage ich, „und was soll das bringen?" „Das braucht man in der Informatik." Hätte ich mir ja denken können, dass es mal wieder um Computer geht. Seufzend mache ich mich auf eine längere Erklärung gefasst, die auch nicht auf sich warten lässt: „Für Quelltexte von Computerprogrammen gibt es verschiedene Konventionen für die Verwendung von Binnenversalien, also von Großbuchstaben im Wortinnern. Da Bezeichner normalerweise keine Leerzeichen enthalten dürfen, werden sie z.B. nach der ungarischen Notation oder auch persönlichen Konventionen gestaltet. Alternativ dazu kann man auch Unterstriche oder Bindestriche anstelle von Leerzeichen verwenden. Welche Variante angewendet wird, hängt vom Programmierstil ab." „Und was hat das mit Kamelen zu tun?", frage ich verwirrt. „Das ist umstritten. Im Großen und Ganzen gibt es zwei Theorien, die die Herkunft des Namens erklären. Zum einen ähnelt die Schreibweise den Höckern eines Kamels, zum anderen ist es möglich, dass der Name von dem Maskottchen der Programmiersprache *Perl* herstammt." Ich wusste gar nicht, dass Informatiker so viel Fantasie haben. Bei so viel technischem Gerede fällt mir wieder ein, was ich vor Kurzem über eine kleine Stadt in Polen erfahren habe, was ich meinem Freund auch sogleich mitteile und ihn somit an weiteren Ausführungen über die Unterschiede zwischen dem lowerCamelCase und dem UpperCamelCase hindere: „Jetzt pass auf, jetzt kommt etwas, wovon du bestimmt noch nichts gehört hast. In dem Dorf Pilcz in Polen telefonieren die Menschen regelmäßig auf dem Friedhof. Und warum?" Mein Freund schaut mich erwartungsvoll an. „Weil sie nur dort Empfang für ihre Handys haben, verrückt, nicht?" Mein Freund nickt und ich fahre fort: „Der Friedhof ist also immer stark frequentiert und jeder weiß, in welcher Ecke welches Netz am besten funktioniert. Die einzig mögliche Stelle, an der man einen Handymast anbringen könnte, ist nämlich die Kirchturmspitze. Doch, surprise, surprise, die katholische Kirche weigert sich. Anscheinend ist ihr das Stören der Totenruhe weniger heilig als eine kaum merkliche Verunstaltung eines ihrer Gebäude." „Ich weiß aber etwas noch viel Verrückteres", macht mein Freund meine Siegesgewissheit in diesem Duell des mehr oder weniger nützlichen Wissens zunichte. „Helmut Kohl hat bei Nervosität immer ein Glas zerlassene Butter getrunken." Das erklärt einiges. Aber wenn das alles ist, was mein Freund noch auf Lager hat, ist mein Sieg ja doch in greifbarer Nähe. Doch schon legt er nach: „Außerdem musste bei Dienstreisen immer jemand vorfliegen und einen Betten-Belastungstest machen." Gerade noch kann ich ein Lachen unterdrücken und lasse ungerührt verlauten: „Ich bin beeindruckt. Aber die Ära Kohl ist ja nun schon lange vorbei. Bei mir lernst du mal was Aktuelles." Noch bevor mein Freund protestieren kann, rede ich weiter: „Irgendwo in Asien, an irgendeinem Grenzübergang zwischen zwei Staaten, haben die Soldaten der Grenzwache regelmäßig Ballettunterricht. Und zwar zum Ausgleich bzw. um ihre Ausdauer und Beweglichkeit zu trainieren. Witzig, oder?" Beifallheischend schaue ich meinen Freund an, doch der sagt nur: „Und wo genau das war, weißt du nicht mehr?" „Das ist doch völlig unerheblich, Hauptsache, die Fakten stimmen", sage ich verärgert. Wie kann man nur so pingelig sein. „Und woher weiß ich, dass diese tatsächlich korrekt sind? Vielleicht hast du dir das Ganze ja auch nur ausgedacht." Zutiefst in meiner Ehre getroffen lasse ich ihn wissen: „Wenn du mir nicht glaubst, hat das mit uns vielleicht keinen Sinn mehr. Vertrauen ist schließlich die Basis einer jeden Beziehung." „Jetzt werd mal nicht gleich melodramatisch, das ist schließlich eine berechtigte Frage." Fassungslos starre ich ihn an, woraufhin er seine Bedenken konkretisiert: „Also du bist durchaus smart und intelligent und so. Aber irgendeine Verbindung fehlt bei dir da oben." Mein empörtes Schnauben scheint er nicht einmal zu bemerken und führt stattdessen weiter aus: „Ich stelle mir das so vor, dass die rechte und linke Gehirnhälfte an sich und für sich alleine normal arbeiten, dass aber die Verbindung zwischen den beiden fehlerhaft ist, denn irgendwie vergisst du so oft Sachverhalte." Offensichtlich zufrieden mit seiner Erläuterung wendet er sich mir zu. „Raus", sage ich mit um Beherrschung ringender Stimme. Verdutzt schaut er mich an: „Habe ich was Falsches gesagt?" „Du hast soeben behauptet, bei mir würde da oben etwas nicht stimmen", gifte ich ihn an. „Das war doch ein Kompliment", verteidigt er sich. „Ein Kompliment?! Bist du noch ganz bei Trost? Soll ich mich jetzt etwa auch noch bei dir dafür bedanken, dass du mich für dumm erklärst?", wüte ich. „Du hast wohl nicht richtig zugehört, ich habe, ganz im Gegenteil, gesagt, dass du sehr intelligent bist. „Jetzt red dich bloß nicht raus, ich habe genau gehört, was du gesagt hast!" „Offensichtlich nicht, wo wir wieder bei dem alten Problem der Zusammenarbeit deiner beiden Gehirnhälften wären." „Jetzt pass mal auf, im Gegensatz zu dir habe ich wenigstens einen Hochschulabschluss. Noch dazu einen sehr guten." „Siehst du, das bestätigt doch das, was ich gesagt habe, nämlich, dass du durchaus intelligent bist", ist seine Antwort. „Was heißt hier *durchaus*, das klingt so, als gäbe es ein fettes Aber", sage ich misstrauisch. „Na ja, man muss die Intelligenz natürlich auch entsprechend nutzen." „Du wirst gleich sehen, wie ich sie nutze", meine ich aufgebracht, während ich ihm seine Jacke in die Hand drücke. „Ich bin nämlich dermaßen intelligent, dass ich dich jetzt aus Gründen der Kriegsprävention zum Gehen auffordere. Du weißt ja, der Klügere gibt nach und so. Und nimm deine Steatoda Dings-da mit", rufe ich ihm nach, als er den Raum verlässt. Fast schon bereue ich mein Verhalten, denn wer rettet mich nun in Zukunft vor weihnachtsbaummustrigen Spinnen und anderen Insekten?

Die Doppelhochzeit

„G1B mir mal deinen Brautschleier." „Was? Wieso meinen?"
„Meiner sitzt irgendwie zu locker." „Ach, und jetzt willst
du tauschen oder wie?" Meine Schwester, die neben mir
vor dem Spiegel steht, meint nur: „Du brauchst ja nicht unbedingt einen. Der würde sowieso nicht zu deinem Kleid
passen." Das ist ja wohl der Gipfel! „Und was daran passt
bitte nicht?", will ich verärgert wissen. „Zu so einem Bau-
ernstil-Kleid passt doch gar kein Schleier. Wohingegen mein
wunderschönes, perlenbesticktes Prinzessinnen-Kleid eindeutig nach einem Schleier verlangt." „Das trifft sich gut,
denn du hast ja einen." Noch während ich diesen Satz sage,
reißt mir meine Schwester meinen Schleier aus dem Haar
und hält ihn sich auf den Kopf. „Hm, ist ein bisschen zu
lang. Aber den kann man ja noch abschneiden." Entgeistert
starre ich sie an: Redet die da gerade von *meinem* Hoch-
zeitsschleier? Die spinnt wohl! „Da wird überhaupt nichts
abgeschnitten, der bleibt so! Und außerdem gehört der
mir!" „Aber ich habe ihn für dich ausgesucht, also gehört
er gewissermaßen auch mir." „Na, wenn das so ist, dann
hätte ich jetzt gerne das Collier samt Ohrringen zurück, das
ich mit dir ausgesucht habe. Ach ja, und die Schuhe. Und
natürlich das Jäckchen zu deinem Kleid." „Das ist ja etwas
völlig anderes", winkt meine Schwester ab. „Aber du bekommst ihn trotzdem wieder zurück, er ist doch nicht ganz
so mein Geschmack. Viel zu schlicht. Außerdem ist der ja
eierschalenfarben und würde gar nicht zu meinem cappuc-
cinocremefarbenen Glitzerkleid passen." „Wie großzügig",

murmele ich und nehme meinen Schleier wieder in Empfang.

Wie bin ich nur auf diese Schnapsidee gekommen, mit meiner Schwester eine Doppelhochzeit zu feiern?! Eigentlich war es auch gar nicht meine Idee, sondern eher ihre, das spart schließlich Geld. Wir erinnern uns an ihre chronische Geldknappheit. Meine bekanntermaßen sehr sparsamen Eltern hatten natürlich auch nichts dagegen einzuwenden. Jetzt habe ich den Schlamassel und habe ständig meine Schwester am Hals, die mich zigmal am Tag anruft, um irgendetwas zu besprechen und dabei geschickt Aufgaben an mich abzuwälzen. Natürlich ist sie mit den Resultaten nie zufrieden, typisch! Vorige Woche z.B. sollte ich die Tischdeko in Auftrag geben, selbstverständlich nach eingehender Beratung bzw. Belehrung ihrerseits. Bis ins letzte Detail hatten wir alles durchgesprochen: Weiße Rosen sollten es sein, eingebettet in ein Nest aus Blättern und Farn, welches dann silber angesprüht werden sollte. Sie wissen schon, ihres silbrig glitzernden Brautkleides wegen. Ich hätte ja etwas weniger Auffälliges vorgezogen, aber gut. Soweit also alles in Ordnung, doch als ich ihr dann einen Probe-Strauß zeigte, war sie entsetzt: das wären ja gar keine weißen Rosen, die hätten ja einen Gelbstich. Und das Grün des Grüns außenrum wäre viel zu grün, das würde am Ende noch durchschimmern, nachdem man es silbern angesprüht hätte. Das wollte sie übrigens selbst machen. Darin hat meine Schwester Erfahrung, auf diese Art und Weise hat sie schon so einige Schuhe, Taschen und Gürtel verunstaltet, äh verschönert.

Streit gab es auch beim Hochzeitsmenü: Ich wollte ein

italienisch-spanisches Buffet mit Pizza, Pasta, Tortilla und Tapas. „Spinnst du? Auf gar keinen Fall!", war ihre Reaktion. „Pizza ist total ungesund und Nudeln machen dick. Außerdem ist da ja überall Knoblauch drin. Und Zwiebeln. Das vertrage ich nicht. Nein, wir machen lieber ein großes Salatbuffet mit vegetarischen Salaten und welchen mit Krabben, Thunfisch und Putenstreifen. Alles in Bio-Qualität versteht sich. Aber ohne Zwiebeln. Und nicht zu scharf. Und natürlich mit einem leichten, fettarmen Dressing. Dazu ein wenig Vollkornbrot und zum Nachtisch Eis. Und zwar Vanilleeis mit Schokostückchen. Ganz wenigen natürlich, und in Zartbitter, da ist weniger Zucker drin." „Und die Hochzeitstorte ist dann aus Magerquark und Naturjoghurt, oder wie?", wollte ich wissen. „Die darf dann schon etwas fetter sein. Solange kein Marzipan drin ist…" Na das wird ja ein Fest! Da ich das meinen Gästen nicht antun wollte, einigten wir uns schließlich darauf, dass ich ihnen zusätzlich zum Salat noch kleine Häppchen anbieten würde. Ich sehe es allerdings schon kommen: Am Ende muss ich auch ihre Gäste verköstigen, da diese sich sicherlich nicht mit Salat zufriedengeben. Apropos Gäste: Die Sitzordnung, ein an sich schon schwieriges Thema, auch wenn man alleine heiratet, gestaltete sich ebenfalls äußerst schwierig. „Also meine Gäste sitzen natürlich in der rechten Hälfte des Raumes, da zieht es nicht so. Außerdem ist links die Musik viel zu laut", verkündete meine Schwester. „Ach, und du meinst, meine Gäste stört es nicht bei ohrenbetäubendem Lärm in der Zugluft zu sitzen?" „Ach, das halten die schon aus. Die sind ja schließlich auch noch jünger", versuchte meine Schwester meine Bedenken zu zerstreuen. „Jünger?! Du glaubst, nur weil ich drei Jahre jünger bin als du, sind es meine Gäste auch? Dem ist aber nicht so", entrüstete ich mich. „Wie dem auch sei, du hast bestimmt eh weniger eingeladen als ich. Ich habe nämlich diesmal die vom Fitness und die Normalen zusammen eingeladen. Oder meinst du, ich sollte lieber zwei Feiern machen? Du weißt ja, die kennen sich untereinander nicht." Nicht zu fassen, was für Probleme die hat! „Das hast du schon ganz richtig gemacht", versuchte ich sie zu beruhigen, „ich habe dir doch schon bei der Geburtstagsfeier geraten, alle zusammen einzuladen, damit sie sich endlich einmal kennenlernen. Hättest du auf mich gehört, würden sie das nun bereits tun." Doch meine Schwester hörte mir gar nicht zu und meinte stattdessen: „Weißt du was? Eigentlich wäre es eh viel besser, wenn du im Nebenzimmer feierst. Das macht dir doch nichts aus, oder?" „Und ob mir das etwas ausmacht", polterte ich. „Wenn dir deine Privatsphäre so wichtig ist, dann feier doch allein!" „Davon rede ich ja gar nicht", beschwichtigte sie mich. „Ich meine ja nur... deine Gäste passen einfach nicht so zu meinen. Die sind alle so, wie soll ich sagen, unelegant und bäuerlich. Ja, bäuerlich trifft es ganz gut. Das würde gut zur Einrichtung im Nebenzimmer passen. Und du mit deinem Kleid ja auch." Mein eisiges Schweigen und meinen wutverzerrten Gesichtsausdruck bemerkte sie nicht einmal und fuhr stattdessen fort: „Dann wäre das also geklärt. Steht jetzt noch die Frage nach der Musik an. Da könnten wir schon eine Band zusammen nehmen. Die sind schließlich ziemlich teuer. Ich wäre ja für eine Jazzband. Ich habe da auch schon einmal recherchiert und eine sehr gute gefunden. Die hat natürlich ihren Preis..." An dieser

Stelle brach ich mein Schweigen: „Ich hasse Jazz, das weißt du doch." „Ach komm, mir zuliebe, das soll schließlich der schönste Tag meines Lebens werden", sah meine Schwester mich bettelnd an. „Falls du es schon vergessen hast, es soll auch für mich ein schöner Tag werden", rief ich ihr in Erinnerung. „Schon, aber dir ist das mit der Hochzeit doch eh nicht so wichtig wie mir. Und deinem Freund ist es bestimmt egal. Du sagst doch auch immer, die Hochzeit sollte gar nicht der schönste Tag im Leben sein." Immer diese emotionale Erpressung! Wie früher. Sie wissen schon, wo ich beim Spielen immer der Diener war und sie die Prinzessin. „Ich meinte damit nur, dass ich mir wünsche, dass es außer der Hochzeit noch weitere genauso schöne Tage geben wird. Wäre ja auch traurig sonst, das würde ja heißen, dass es nach der Hochzeit nur noch bergab geht." „Du bist also einverstanden", strahlte meine Schwester. Bevor ich noch protestieren konnte, rief meine Schwester aus: „Oh nein, jetzt habe ich ganz vergessen, dass wir die Hochzeit vorverlegen müssen." „Vorverlegen? Was soll das nun wieder heißen?", wollte ich entnervt wissen. „Wir haben uns doch nach wochenlangem Hin und Her für diesen Termin entschieden. Es war schließlich der einzige, an dem du auf dein Fitnesstraining verzichten könntest, dein Freund vorher keinen Nachtdienst hat, du dir vorher ein paar Tage frei nehmen kannst, um zur Pedi- und Maniküre, zum Friseur, zur Kosmetikerin und zum Haare-Entfernen zu gehen und zudem alle deine Freunde Zeit haben." „Ja, ja, der Termin bleibt ja auch, schließlich muss die Hochzeit ja an einem Paartag stattfinden, also an einem Tag mit Paarzahlen..." „Was für Paarzahlen?", unterbrach ich sie irritiert. „Na, geraden Zahlen, aus denen man Pärchen bilden kann, sonst bringt es ja Unglück." Ah ja…. „Nein, ich meinte, dass die Trauung eine Stunde früher beginnen muss, da einige von meinen Fitnessfreunden nämlich früher weg müssen", erläuterte sie. „Zum Stadtmarathon." „Also weißt du was? Deine Fitnessfreunde können mich mal! Wenn ihnen so ein scheiß Marathon wichtiger ist als deine Hochzeit, solltest du sie sowieso wieder ausladen!" „Wie redest du denn über meine Freunde! Du kennst sie doch gar nicht." „Und ich will sie auch nicht kennenlernen, feier doch deine blöde Hochzeit allein!", schrie ich. „Mach ich auch. Du bist ja so was von nicht kompromissbereit! Immer bist du gemein zu mir! Dann feier doch mit deinen doofen Bauernfreunden, die sind mir sowieso zu langweilig!" „Ha, langweilig, dass ich nicht lache! Weißt du, wer langweilig ist? Deine bescheuerten Leute vom Fitness. Außer Sport interessiert die ja wohl gar nichts. Du kannst ja deine Hochzeit im Fitnessstudio veranstalten, glaub aber bloß nicht, dass ich komme!" „Dann feier du doch auf dem Bauernhof, Esel findest du doch eh so toll. Aber ich mach' mir dann da meine Schuhe bestimmt nicht schmutzig!", keifte sie zurück. „Um deine Schuhe wär's nicht schade, sind doch eh wieder nur so komische Sitzschuhe, in denen man nicht laufen kann! Und in deinem Brautkleid siehst du übrigens aus wie Barbie." „Und du wie ein Bauerntrampel! Erst recht, wenn ich deinen Schleier hier abgeschnitten habe!"

Gerade als meine Schwester mit einem höhnischen Lachen meinen Brautschleier abschneiden will, erwache ich. Völlig verwirrt taste ich auf meinem Kopf herum, in der Suche nach dem Schleier. Dann erst fällt mir auf, dass ich mich in meinem Bett befinde. Im Schlafanzug und ohne Schleier. Erleichtert atme ich auf: zum Glück nur ein Traum! Um nicht zu sagen ein wahrer Albtraum, würde er wahr werden. Jetzt wird mir auch klar, warum ich aufgewacht bin: Das Telefon läutet. Meine Schwester ist dran und meint ganz aufgeregt: „Weißt du, was ich mir überlegt habe? Falls ich bald wirklich heirate, könnten wir doch zusammen feiern! Vorausgesetzt dein Freund macht dir zur gleichen Zeit einen Antrag. Coole Idee, oder? Ich feiere allerdings auf jeden Fall im Sommer, und zwar in Rom oder Venedig, auf so'ner Treppe, mit Blumenkindern, Traumkleid und Schleier und so... Hallo? Bist du noch dran? Haaallooo???"

Da, wo die Busse schlafen

„WIE", fragt mein Freund, „der Bus fährt nicht bis in die Stadt?" Wir sitzen bei mir zu Hause und es ist mittlerweile spät geworden. Da mein Freund heute kein Auto hat, muss er mit dem Bus nach Hause fahren. Das ist an sich schon schlimm genug, wenn man bedenkt, dass die Fahrt von hier bis zu ihm, die mit dem Auto ca. 15 Minuten dauert, bei Benutzung des öffentlichen Nahverkehrs fast eine Stunde in Anspruch nimmt. Noch dazu habe ich ihm gerade mitgeteilt, dass der letzte Bus, welchen er nehmen wollte und welcher übrigens bereits um 23 Uhr 20 abfährt, was lächerlich für eine Stadt dieser Größenordnung ist, nicht bis zum Hauptbahnhof fährt, wo er umsteigen müsste. Ich erkläre: „Na ja, der fährt nur bis zur übernächsten Haltestelle." „Und das ist dann die Endhaltestelle, oder wie?", will mein Freund verwirrt wissen. „Genau", erwidere ich. „Und wo fährt er dann hin?" „Na, dahin, wo die Busse schlafen", antworte ich. Mein Freund schaut mich erst ungläubig, dann spöttisch an und wiederholt: „Dahin, wo die Busse schlafen? Und wo soll das sein?" „Na, im Busdepot", erläutere ich. „Ah ja, und die schlafen da also, ja?" Langsam werde ich ungeduldig: „Ja, habe ich doch gerade gesagt." Mein Freund tätschelt mir beruhigend den Rücken und meint: „Ist klar." Das erinnert mich an eine Diskussion, die wir vor Kurzem hatten und wo er ähnlich reagiert hat. Es ging darum, dass ich immer Angst habe, einen Schlag zu kriegen, wenn ich elektrische Geräte anfasse. Genau genommen habe ich auch beim Anfassen anderer Gegenstände, wie z.B. einer Türklinke oder dem

Wasserhahn, Angst davor. Aber ich habe mittlerweile einen super Trick: Bevor ich ein verdächtiges Objekt berühre, lange ich kurz auf ein Stück Holz. Das wirkt immer. Als ich jedoch meinem Freund von meiner neuesten Entdeckung berichtete, brach er in schallendes Gelächter aus. Unter Lachtränen erklärte er mir: „Holz leitet nicht, das kann gar nicht funktionieren!" „Tut es aber", erwiderte ich trotzig. „Schatz", fügte er in etwas ernsterem Ton hinzu (wenn er schon einen Satz mit *Schatz* anfängt...), „das kann gar nicht sein, da müsstest du schon etwas anfassen, was Strom leitet. Holz jedenfalls nicht." „Ach ja", fragte ich, „hast du es überhaupt schon einmal ausprobiert?" „Natürlich nicht", antwortete er mit Nachdruck. „Na also, dann mach das erst mal, wirst schon sehen", rief ich triumphierend. „Schatz (da war es wieder), es handelt sich hierbei um eine physikalische Gesetzmäßigkeit, das muss ich nicht ausprobieren, um es zu wissen. Hast du im Physikunterricht nicht aufgepasst?", wollte er wissen. „Natürlich, ich passe immer auf, und deswegen weiß ich auch, dass es ja absurd wäre, vorher etwas anzufassen, das leitet, dann würde ich da ja schon einen Schlag kriegen", erwiderte ich leicht pampig. „Ich geb's auf", gab sich mein Freund geschlagen, „aber glaub bloß nicht, dass du im Recht bist!" Anschließend wollte er mich in den Arm nehmen und küssen, doch ich wich hastig zurück. „Was ist denn los?", fragte er verdutzt. „Du hast gerade den Computerbildschirm saubergemacht, bestimmt bist du jetzt elektrisch geladen, das ist mir viel zu riskant!", erklärte ich ihm. „Aber wenn du vorher den Schreibtisch anlangst, überlege ich es mir." Da er sich dazu nicht überwinden konnte, kam es damals zu keiner versöhnlichen Umarmung. Auch heute lasse ich mich nur zögerlich umarmen, da ich irgendwie das Gefühl habe, dass er sich über mich lustig macht und mir das mit den Bussen nicht glaubt. Stirn an Stirn stehen wir da, als er plötzlich anfängt, tief ein- und auszuatmen. „Hilfe", rufe ich, „du atmest mir ja die ganze Luft weg!" „*Was* mache ich?", fragt er verblüfft, „dir die Luft wegatmen?" „Ja, merkst du das nicht? Wenn du so dicht vor meinem Gesicht so viel atmest, bleibt ja für mich nichts mehr übrig!" „Das glaubst du doch nicht wirklich, oder?", schaut er mich entgeistert an. „Kann doch sein", sage ich kleinlaut, „ich will schließlich nicht an Sauerstoffmangel sterben." „Schatz..." Oh, oh...

Traute Zweisamkeit

MEIN Freund und ich sitzen gemütlich auf der Couch, als er mich plötzlich fragt, wie viel er noch abnehmen muss. Er hat es nämlich geschafft, in den letzten Monaten ein paar Kilo loszuwerden, ist aber mit dem Ergebnis noch nicht ganz zufrieden. Daraufhin schaue ich ihn prüfend an, ziehe sein T-Shirt hoch, stecke meinen Zeigefinger in seinen Bauchnabel und sage: „Einen halben Zentimeter." Mit dieser Angabe kann er offensichtlich nichts anfangen, deshalb erkläre ich: „Ich messe das an der Tiefe des Bauchnabels, und der ist eindeutig noch zu tief." „Du hast aber auch immer komische Ideen", ist sein Kommentar. „Gar nicht wahr", erwidere ich entrüstet und piekse ihn in die Seite. Da ich das ständig mache, zuckt er meist nicht mal mehr zusammen. So auch heute. „Hey, ich habe dich gerade gepoked, merkst du das gar nicht?" Das Wort habe ich von Facebook übernommen, wo *to poke* dem deutschen *anstupsen* entspricht, was wiederum heißen soll, dass ich einem Freund einen liebevollen virtuellen Knuffer gebe. Anfangs hatte ich es mit *to puke*, also *kotzen*, verwechselt. Doch mein Freund ist damit beschäftigt, sich wie wild am Kopf zu kratzen. Kurz darauf fängt er an, auch in meinem Haar herumzuwühlen. „Ey, lass das, sonst habe ich überall Schuppen!" rufe ich aus. „Die will ich ja gerade entfernen." „Lass die mal schön, wo sie sind, wie sieht denn das sonst aus!" „Das ist abgestorbene Kopfhaut, die muss doch weg", beharrt er. „Kümmere dich lieber darum, dass diese nervige Fliege verschwindet, die ständig um uns herumschwirrt", sage ich und drücke ihm den Fliegenpatscher in die Hand. Unbeholfen versucht er, das Insekt zu erwischen. „Jetzt, da ist sie doch, direkt vor dir!", schreie ich. Aber zu spät. „Mann, da schleicht sich die Fliege direkt am Patscher vorbei und du reagierst nicht mal", maule ich. „Mach halt mal den Fernseher auf lautlos, bei dem Gelaber kann ich mich ja gar nicht konzentrieren", weist er mich an. „Wenn ich nur wüsste, wie das geht! Seit Jahren suche ich den Stummschalte-Knopf." „Na hier, auf *mute* musst du drücken." „Mute? Ach so, jetzt verstehe ich, *mute*, wie spanisch *mudo*, also stumm", rufe ich begeistert. „Da wäre ich ja nie drauf gekommen. Ich habe immer das durchgestrichene Megafon gesucht." „Tja, zwei Augen sehen eben mehr, äh, weniger als zwei, äh, also vier." „Ich nehme mal an, du wolltest sagen: Vier Augen sehen mehr als zwei", frage ich ihn nicht ohne Genugtuung. Wenn er sich schon mal verspricht... „Und es gibt immer zwei Medaillen, gell, Schatz?", füge ich hinzu. Damit ziehe ich ihn schon seit Monaten auf. Das war einer der wenigen Versprecher, die er sich geleistet hat. Ich weiß schon gar nicht mehr, worum es überhaupt ging, doch anstatt *zwei Seiten einer Medaille* zu sagen erklärte er damals mit fester Stimme: „Es gibt eben immer zwei Medaillen." Meine Antwort darauf war: „Nein, es gibt immer drei Medaillen: Bronze, Silber und Gold." Während ich mich prächtig amüsierte, fand er das ganze weniger lustig, wie meistens, wenn er mal einen Fehler macht. „Oh, da kommt gerade was von Delfinen, das muss ich mir erst noch anschauen", sage ich und zeige auf den Bildschirm. „Ich habe letztens schon so eine Reportage gesehen, wo eine Frau mit einem Delfin schwamm, der sich vor der irischen Küste niedergelassen hat. Der war so einsam, dass er außer mit dem Hund der Frau sogar einmal mit einem Hai gespielt hat." „Mit einem Hai gespielt?", will mein Freund mit zweifelnder Stimme wissen. „Ja, das war so ein vegetarischer Hai." „Du meinst also einen, der sich von Plankton ernährt", sagt mein Freund in besserwisserischem Tonfall. „Ja, ja, genau. Apropos vegetarisch: Wolltest du nicht was kochen?", schaue ich ihn fragend an. „Was hättest du denn gerne?" „Ist mir egal, irgendwas, was schnell geht." „Dann mache ich Nudeln mit Gemüse und Pesto", entscheidet er. „Oh nee, bloß keine Nudeln, die hatte ich gestern erst. Und vorgestern", protestiere ich. „Dann eben Kartoffeln." „Auf keinen Fall, Kartoffeln dauern viel zu lang." „Also Reis, oder wie?" „Wieso machst du keinen Couscous, das geht am schnellsten", schlage ich vor. Mein Freund nickt ergeben und verzieht sich in die Küche. Ich bleibe derweil im Wohnzimmer, da ich es nicht mit ansehen kann, wie mein Freund beim Kochen die ganze Küche einsaut. Außerdem sind wir uns auch über die Art und Weise der Zubereitung von Speisen nicht einig. Und erst recht nicht, was die geeignete Herdtemperatur angeht. Dann muss ich ihm aber doch einen kurzen Besuch in der Küche abstatten, um ihm meine neueste Errungenschaft zu präsentieren. „Schau mal, ich habe mir einen Ohr-Muff gekauft", sage ich und wackele freudestrahlend mit dem Kopf. „Mhm." „Einen Kinder-Ohr-Muff, weil ich ja einen so kleinen Kopf habe. War natürlich auch billiger. Schön, oder?" „Sehr schön." „Du schaust ja gar nicht", werfe ich ihm in beleidigtem Tonfall vor. „Schatz, ich bin beschäftigt. Ich dachte, du wolltest so schnell wie möglich essen. Und was ein Ohr-Muff sein soll, weiß ich sowieso nicht." „Mann, bist du einfallslos, ich meine natürlich einen Ohrenwärmer." Mein Freund blickt kurz auf, nickt, und wendet sich dann wieder dem vor ihm liegenden Gemüse zu. „Die Rübenbutzen bringst du aber nachher noch raus in den Biomüll", sage ich und deute auf die Überreste der kleingeschnittenen Rüben. „Meinst du die Karotten, oder was?", will mein Freund wissen. „Ja, ich meine die Rüben", entgegne ich, woraufhin er meint: „Wenn überhaupt dann sind das gelbe Rüben, besser gesagt *gelwe Rüwwe*. Mit *Rüben* bezeichnet man ja entweder Zuckerrüben oder Steckrüben." „Wie ihr im Ländle dazu sagt, ist mir egal. Das hier sind jedenfalls Rüben", sage ich bestimmt. „Selbst wenn es Rüben wären, spricht man mit Sicherheit nicht von *Rübenbutzen*." Dass der auch immer das letzte Wort haben muss! „Du weißt ja, was ich meine", sage ich und will mich gerade zur Tür drehen, da sehe ich, wie mein Freund einen Batzen Sahne aus der Dose kratzt und in den Saucen-Topf wirft. „Spinnst du, die ist ja verschimmelt", rufe ich entsetzt. „Quatsch, die ist nicht schlecht, die hat nur Flüssigkeit verloren und ist geronnen." Entgeistert starre ich ihn an. Aber wer Schimmel auf Nicht-Schimmelkäse normal findet, dem macht offensichtlich auch fest gewordene Flüssigsahne nichts aus. Oder schwarz gewordenes Gemüse. Das ist dann nämlich nicht etwa schlecht geworden, sondern nur oxidiert. Noch ein Grund, warum ich ihm beim Kochen lieber keine Gesellschaft leiste. Ich will gar nicht so genau wissen, was im Essen alles drin ist. Schmecken tut es ja immer sehr gut. Da sowieso gerade das Telefon läutet, verlasse ich wortlos die Küche, nicht ohne meinem Freund einen missbilligenden Blick zugeworfen zu haben. Am Apparat ist meine Freundin Ines, die sich im Nachhinein noch ein bisschen über unseren vor Kurzem abgehaltenen Klamotten-Tausch-Abend unterhalten will. Leider wird unser Gespräch durch das ständige und an Intensität zunehmende Piepen des Telefons gestört, bis es schließlich ganz abbricht. „Mist, jetzt ist das scheiß Telefon schon wieder tot", rufe ich entnervt. „Wer ist tot?", schallt es aus der Küche. „Na, das Telefon", sage ich. „Ist es kaputt oder nur leer?", will mein Freund wissen. „Tot halt. Na ja, vielleicht nicht direkt tot, aber auf jeden Fall ohnmächtig." Mein Freund schüttelt nur den Kopf. „Auf jeden Fall muss ich es wiederbeleben. Über Nacht muss es sich ausruhen und aufladen", erkläre ich und trage es zur Basis. Von dort aus rufe ich: „Kannst du mal schauen, ob mein Handy in der Küche liegt?" Auf dem Weg zur Küche kommt mein Freund mir schon entgegen und will mir das Handy in die Hand drücken. Da klingelt es an der Haustür. „Kannst du schon mal Ines' Nummer raussuchen? Ich geh' solange an die Tür." Seufzend nimmt mein Freund das Handy wieder an sich, während ich an die Gegensprechanlage gehe und mich vor lauter hin und her peinlicherweise mit meinem Nachnamen melde. Als ob derjenige, der draußen steht, nicht wüsste, bei wem er gerade geklingelt hat. „Ich Hermes", tönt es aus dem Lautsprecher. Ich bin schon drauf und dran zu sagen, dass ich keinen Hermes kenne, da fällt mir ein, dass ich ja ein Päckchen erwarte und es sich wohl um den Paketdienst handeln muss. Tatsächlich, als ich die Tür öffne, steht mir ein Paketbote gegenüber, der mir einen Stift entgegenhält und mich mit starkem ausländischem Akzent fragt, ob ich ein Päckchen für die Nachbarn annehmen würde. Am liebsten würde ich Nein sagen, so oft wie ich schon Pakete für Nachbarn angenommen habe, mache es aber natürlich nicht. Ich nehme das Päckchen also in Empfang, verabschiede mich, schließe die Haustür und geselle mich zu meinem Freund in die Küche, wo er mich mit den Worten „Sag mal, was hast du denn für eine Unordnung in deinem Handytelefonbuch" begrüßt. „Da findet man ja gar nichts." „Gib mal her", sage ich, während ich ihm das Handy aus der Hand reiße. „Da ist doch Ines' Nummer." „Wo?" „Na hier, unter I." „Ja unter I kann ich sie ja nicht finden", beschwert sich mein Freund. „Ja, da hast du wahrscheinlich recht, den Namen Ines unter I zu suchen ist ja auch völlig abwegig", sage ich mit vor Zynismus triefender Stimme. „Ja, allerdings. Nummern speichert man unter dem Nachnamen ab", belehrt mich mein Freund. „So, macht man das. Wie du siehst gibt es noch mehr Möglichkeiten." „Und woher weißt du dann, welche Ines gemeint ist? Du kennst doch mehrere." „Tja, weil ich schlau bin", grinse ich ihn an. „Schau mal, da steht ja noch ein Zusatz", erläutere ich und halte ihm das Handy vor die Nase. „Ines Singen? Was soll das denn heißen? Das ist aber nicht ihr Nachname." „Richtig erkannt. Da steht *Singen* weil ich die Ines damals in einem Stimmbildungskurs kennengelernt habe. Verstehst du?" „Verstehen schon, aber nachvollziehen kann ich es nicht." „Dann noch ein Beispiel: *Laura Mfg*. Das ist die Laura, mit der ich mal mitgefahren bin. Du weißt schon, von der Mitfahrgelegenheit." „Ah ja, und mit *Annette Bamberg* ist wohl auch nicht der Nachname, sondern die Stadt gemeint, nehme ich an." „Du hast es erfasst", lobe ich ihn. „Und warum steht bei *Dani-Handy* dahinter in Klammern *neu*? Hat die eine neue Nummer?" „Nein, mittlerweile ist die Nummer nicht mehr neu, aber damals vor fünf Jahren, als ich den Eintrag gemacht habe, eben schon." „Von Aktualisieren hältst du wohl nicht viel", meint mein Freund und fragt dann: „Und wer ist *Tandem Afrikaner*?" „Das ist bzw. war mein afrikanischer Sprachtandem-Partner", erkläre ich. „Und der hat keinen Namen, oder wie?" „Doch, aber den habe ich damals am Telefon nicht genau verstanden. Außerdem wusste ich auch nicht, welches der Vor- und welches der Nachname sein sollte." „Na, solange du nicht eine ganze Horde Tandemafrikaner hast…", murmelt mein Freund. „Was ist los?" „Nichts, nichts", beeilt er sich zu sagen. „Eine letzte Frage: Wer verbirgt sich hinter *Franzose*?" „*Franzose* war, wie der Afrikaner, einer meiner Sprachtandem-Partner", erläutere ich. „Ein Franzose halt." Während mein Freund nur resigniert die Achseln zuckt, sage ich: „Wo wir gerade von Afrikanern reden: Letztens hat mich einer angesprochen und nach dem Weg gefragt. Ich kannte die Straße, wo er hinwollte, zwar, aber ich konnte ihm nicht erklären, wie er am besten dorthin kommt." „Na, das kann ich mir vorstellen", unterbricht mich mein Freund, „bei deinem Orientierungssinn… Wahrscheinlich hast du den armen Kerl in die völlig falsche Richtung geschickt." Beleidigt schaue ich ihn an. „Nein, ich habe einfach behauptet, ich wäre nicht von hier." Ich finde das äußerst clever von mir, doch mein Freund grinst nur blöd und tätschelt mir die Hand. „Geh du mal lieber wieder an den Herd", sage ich und schiebe ihn von mir weg.

Die Zeit bis zum Essen verläuft ungewöhnlich friedlich, was daran liegen mag, dass wir uns in verschiedenen Stockwerken aufhalten. Doch als wir wenig später am Tisch sitzen und ich den ersten Bissen nehme, ist die traute Zweisamkeit schnell dahin. „Ach du Scheiße, ist das scharf", rufe ich unter erheblichen Artikulationsschwierigkeiten aufgrund meiner verbrannten Zunge aus. „Was hast du denn da rein?" „Eigentlich nur eine Chili", ist seine Antwort. „Und in deine Portion nur ein ganz kleines Stück, den Rest habe ich." „Ich dachte, du hättest aus deinen Fehlern gelernt und wüsstest, dass nicht nur ich zu scharfes Essen nicht vertrage, sondern dass es auch bei dir eine Grenze gibt. Oder erinnerst du dich etwa nicht mehr an die unangenehmen Nebenwirkungen deiner Capsaicin-Vergiftung letztens?" „Das war ja nur, weil ich deine ganzen Chilistücke auch noch essen musste", verteidigt er sich. Schweigend und mit schmerzverzerrten Gesichtern kauen wir weiter. Als wir endlich fertig sind sage ich: „Jetzt brauche ich erst mal ein Eis, um die Verbrennungen zu kühlen." Als wir schließlich vor unserem Schoko-Vanille-Eisgemisch sitzen, macht mich mein Freund mit seinen ständigen Blicken, die er mir zuwirft, ganz nervös. „Ist was?", frage ich. „Wieso pustest du an deinem Eis?" Fragend sieht er mich an. „Mache ich doch gar nicht", will ich gerade antworten, als ich bemerke, dass ich tatsächlich das sich auf meinem Löffel befindende Eis anpuste. „Ähm, ja, also, weil es zu kalt ist?" „Du weißt aber schon, dass es dadurch nicht wärmer wird", kommentiert mein Freund. „Ja, das war halt so ein Reflex, wie man halt auch an zu heißem Essen pustet." „Hm, ist klar." Um ihn abzulenken und da wir unsere Schüsselchen bereits leer gelöffelt haben, hole ich mein Notebook, um ihm eine meiner selbstgeschriebenen Geschichten vorzulesen. Vorher muss mein Freund aber noch eine Aktualisierung durchführen. „Muss das jetzt sein? Kannst du das Notebook nicht mit nach Hause nehmen und das dort machen? Das dauert bestimmt wieder ewig." „Dazu bräuchte ich dein Passwort, und das willst du mir ja nicht geben." „Natürlich nicht", rufe ich empört, „das ist geheim. Sonst hast du ja Zugriff auf all meine Daten." „Dann muss ich die Aktualisierungen eben jetzt vornehmen." „Eigentlich schade, ich habe so ein schönes Passwort, und keiner außer mir kennt es", sage ich mit Bedauern in der Stimme. „Na, dann gib es mal ein", fordert er mich auf. „Aber nicht gucken!", warne ich ihn. Nachdem die Aktualisierungen zehn Minuten später abgeschlossen sind, kann ich endlich mein Dokument öffnen. Aber was ist das? Der Text steht ja viel zu eng aneinander. „Wo kann man denn hier den Zeilenabstand ändern", frage ich genervt, nachdem ich alle Registerkarten durchsucht habe. „Na hier, unter Start." „Dieses blöde neue Windows, beim alten wusste ich immer, wo man den Abstand einstellen kann. Ich komme mit dem neuen Windows einfach nicht zurecht. Früher war Windows echt besser", beschwere ich mich. Daraufhin meint mein Freund nur: „Früher war mehr Lametta." Das bringt mich dann trotz meines Ärgers auf Microsoft doch zum Lachen. Sie kennen ja wahrscheinlich den Weihnachtssketch von Loriot, wo er eben diesen Satz von sich gibt. Die gute Stimmung ist jedoch bald dahin, als ich meinem Freund die Geschichte „Was mit Computern" vorlese und er sich darin nicht nur unfair behandelt fühlt, sondern auch noch jeden zweiten Satz inhaltlich bemängelt. Entnervt erkläre ich: „Ich habe mir das schließlich nicht ausgedacht, das sind deine Worte, die ich hier wiedergebe. Und wenn du mir das falsch erklärst, kann ich doch nichts dafür." „So habe ich das bestimmt nicht gesagt. Du hast es dir nur wieder nicht richtig merken können. Das muss an deiner Gedächtnisstörung liegen, über die wir letztens gesprochen haben." Fängt er schon wieder damit an! Na warte. „Ja, die Gedächtnisstörungen. Ich weiß auch gar nicht mehr, warum du überhaupt hier bist. Wer bist du nochmal? Ach, jetzt fällt es mir wieder ein, du bist dieser Typ, der was mit Computern macht und mich aus irgendeinem Grund ständig kontaktiert. Ich kann mich gar nicht erinnern, dass ich einen Computerfachmann bestellt hätte. Würden Sie dann bitte gehen? Sie wissen ja, ich muss noch meine Gedächtnisübungen machen." Bevor der Mann widerwillig das Haus verlässt, will er noch wissen: „Und wann sehen wir uns wieder?" „Ich denke so in ein bis zwei Zentimetern weniger."

Von kurzhaarigen Frauen, bierbäuchigen Männern und ungewollten Kindern

„SIEHST du, so eine Kurzhaarfrisur sieht einfach nicht gut aus", sagt mein Freund und deutet auf den Fernsehbildschirm, auf dem eine hübsche junge Frau zu sehen ist. „Ach, das ist also eine dieser praktischen Kurzhaarfrisuren, über die ihr euch letztens ausgelassen habt." Als wir nämlich vor Kurzem bei einem befreundeten Pärchen waren, fingen die Männer mitten in einem Spiel damit an, über Frauen mit kurzen Haaren zu lästern. Ihre einhellige Meinung war, dass, wenn Frauen sich im Laufe der Partnerschaft, nach der Hochzeit oder der Geburt des gemeinsamen Kindes eine praktische Kurzhaarfrisur machen lassen, dies ein Statement dafür sei, dass ihnen nicht mehr wichtig sei, wie sie auf ihren Partner wirkten und ihnen die Beziehung somit im Grunde egal sei. Meine Freundin und ich waren verständlicherweise empört über diese Behauptung und sahen uns in unserem Grundrecht auf freie Persönlichkeitsentfaltung beschnitten. Schließlich kann jeder bzw. jede so herumlaufen, wie es ihr passt, die Frisur miteingeschlossen. Die Männer jedoch beharrten auf ihrer Meinung und waren sich einig, dass *praktische Kurzhaarfrisur* ein Synonym für sexuelles Desinteresse sei und die Frau damit signalisiere, sie bemühe sich nicht länger, für ihren Partner gut auszusehen, da sie sich seiner ja nach so langer Zeit, und erst recht in verheiratetem Zustand oder gar mit Nachwuchs, sicher sein könne. Die Diskussion erreichte ihren Höhepunkt in folgender Aussage des Freundes meiner Freundin:

„Also wenn du dir die Haare abschneiden würdest, würde ich mich von dir trennen." Völlig geschockt versuchten wir, die Männer davon zu überzeugen, dass jegliche Frisur, und sei es eine Kurzhaarfrisur, nur Ausdruck des persönlichen Geschmacks sei und nichts, aber auch gar nichts mit einer Bewertung bzw. Abwertung der Beziehung oder gar einer Zurückweisung des Mannes zu tun habe. Vergeblich, sie waren von ihrer Überzeugung, dass eine praktische Kurzhaarfrisur ein eindeutiges Zeichen dafür sei, dass die Frau sich nicht mehr bemüht, ja sich gehen lässt, nicht abzubringen. Sie gingen sogar so weit, dieses Verhalten mit Männern zu vergleichen, die nur noch vor dem Fernseher hocken, sich einen Bierbauch ansaufen und keinen Sport mehr treiben.

Immer noch die hübsche Frau auf dem Bildschirm betrachtend meine ich: „Du willst ja wohl nicht behaupten, dass diese Frau nur wegen ihres Haarschnitts genauso schlecht aussieht wie der neben ihr stehende bierbäuchige Mann?" „Doch, genau das behaupte ich. Wenn diese Frau lange Haare hätte, wäre sie sogar attraktiver als die blonde langhaarige neben ihr. Aber so... Lange Haare sind einfach weiblicher." „Warum glaubst du eigentlich, dass Frauen ihr Verhalten und Aussehen immer den Männern anpassen? Ist dir überhaupt schon einmal in den Sinn gekommen, dass die Art und Weise, wie eine Frau ihr Haar trägt, mit ihrem persönlichen Geschmack, möglicherweise auch aktuellen Modeerscheinungen, zusammenhängt?" frage ich aufgebracht. „Und wo wir gerade von Haaren sprechen: Ich war übrigens heute beim Friseur. Wie findest du's?" „Gut, sieht ja nicht viel anders aus als vorher." „Nicht viel anders?! Ich habe mir die Ponys diesmal passend zum Mittelscheitel schneiden lassen. Und viel kürzer sind sie auch." „Ich habe doch gesagt, dass es gut aussieht. Nur halt nicht unbedingt anders als vorher." „Ich nehme das jetzt mal als Kompliment, denn schließlich war ich ja vorher schon wunderhübsch und wenn ich jetzt genauso aussehe, bleibt es ja dabei", schlussfolgere ich. „Sag' ich doch", ist der Kommentar meines Freundes. „Dann sag mir wenigstens, wie dir meine Ohrringe gefallen", fordere ich ihn auf. „Sind hübsch, aber die hattest du doch gestern schon an." „Die trage ich heute zum ersten Mal!", erwidere ich leicht gekränkt. „Die anderen waren aber auch rund", ist alles, was er zu seiner Verteidigung zu sagen hat. „Das ist aber auch das Einzige, was sie gemeinsam haben. Die hier sind doch viel größer. Außerdem haben sie ein ganz anderes Muster und sind einfarbig", versuche ich ihm das Ausmaß seiner Fehleinschätzung zu verstehen zu geben. „Ah", sagt er nur.

Seufzend wende ich mich wieder dem Fernseher zu, wo mittlerweile eine Quiz-Sendung läuft. Der Moderator stellt gerade die Frage, wie viele Eheschließungen es in Deutschland pro Jahr wohl gebe. Während ich noch überlege, platzt mein Freund heraus: „Es geht also eigentlich um Scheidungen." Verständnislos schaue ich ihn an. „Na ja", erklärt er, „wie das Wort schon sagt, werden die Ehen *geschlossen*, d.h. beendet. Sozusagen betriebsbedingte Eheschließungen." So habe ich das noch gar nicht gesehen, aber die Idee gefällt mir. Und so füge ich hinzu: „An sich ist so eine Ehe bzw. Hochzeit eh nichts anderes als ein Vertragsabschluss, bei dem sich beide Parteien auf gewisse Rechte und Pflichten einigen." „Dann sollte es vielleicht auch eine Mindestlaufzeit für die Ehe geben", schlägt mein Freund vor. „Ja genau, sagen wir mal eine Vertragslaufzeit von zehn Jahren. Alle zehn Jahre muss neu verhandelt werden. Es ist ja durchaus möglich, wenn nicht gar wahrscheinlich, dass sich die Konditionen in dieser Zeit geändert haben", stimme ich ihm begeistert zu. „Und bei Vertragsbruch droht Strafe", schließt mein Freund. Einvernehmlich schauen wir uns an. Der Friede währt jedoch nicht lange, da es im Fernsehen nun um die Aufzucht, pardon, Erziehung von Kindern geht und ich dem Thema eher kritisch gegenüber stehe, ganz im Gegensatz zu meinem Freund. "So schlimm ist das doch gar nicht, das wird immer nur so dargestellt", meint mein Freund denn auch, als ich mich über die möglichen Risiken und Folgen einer Schwangerschaft beschwere. „Woher willst du denn das wissen? Du hast leicht reden. Als Mann hätte ich auch gerne Kinder, aber als Frau…", entgegne ich leicht pampig. Ich war schon immer dafür, dass Frauen Eier legen und ihre Kinder ausbrüten. Natürlich könnte sich dann auch der Mann am Brüten beteiligen. Genau dies teile ich auch meinem Freund mit, der von der Idee nicht sehr angetan ist. „Schließlich braucht die Frau ja auch Zeit, sich an das neu in ihr entstehende Leben zu gewöhnen", wie er sagt. Da pfeif' ich doch drauf, lieber lege ich ohne große Schmerzen und stundenlange Qualen ein, zwei Eier und die Sache hat sich erledigt. Mein Freund versucht, mich mit einem anderen Argument davon zu überzeugen, Kinder haben zu wollen: „Ich kümmere mich ja dann auch um sie, das musst du nicht alleine machen." „Dieses Risiko will ich eigentlich nicht eingehen, denn sonst lautet am Ende das erste Wort, das unser Kind spricht, noch *Microsoft* oder

Festplatte oder so", werfe ich ein. Leicht beleidigt schaut mich mein Freund an: „Und was wäre daran so schlimm?" Ich schüttele nur resigniert den Kopf. Da fragt er plötzlich: „Wer macht eigentlich später mal die Mathe-Hausaufgaben mit unseren Kindern?" „Na du", antworte ich ohne zu zögern. Was für eine Frage! Mit der Rollenverteilung scheint er auch diesmal nicht einverstanden, denn aufgebracht schnaubt er: „Ach, dafür bin ich dann doch gut genug, oder wie?" „Was heißt hier gut genug, sei doch froh, dass ich dich überhaupt an der Erziehung beteilige. Und schließlich sind Zahlen ja wohl dein Spezialgebiet." „Zahlen vielleicht, und zwar die Eins und die Null. Ansonsten hasse ich Mathe. Aber bis zur zehnten Klasse müsste ich es schon hinkriegen." „Na also, dann übernehme ich die Hausaufgabenbetreuung bis zur dritten Klasse Grundschule, bevor die Textaufgaben kommen", sage ich zufrieden. „Au ja", ruft er begeistert, „Textaufgaben! Ich denke mir dann lauter so Aufgaben aus wie: *Wenn ein Computer für die Berechnung so und so lange braucht, wie lange braucht er dann, wenn ich durch das Einbauen eines größeren Arbeitsspeichers die Geschwindigkeit um so und so viel erhöhe?"* „Meinetwegen", seufze ich ergeben, „Hauptsache, das Kind kann nachher besser rechnen als ich." Damit ist die zwischenzeitlich verlorengegangene Harmonie zwischen uns wiederhergestellt, auch wenn sie wahrscheinlich nur von kurzer Dauer sein wird, da wir morgen wieder bei besagtem Pärchen eingeladen sind. Ich überlege ernsthaft, mir noch schnell eine Kurzhaar-Perücke zu kaufen…

Die Millionen-Idee

„ICH habe eine super Idee", sage ich zu meinem Freund. „Hm", meint er nur und hämmert weiter auf die Tasten seines Computers ein. „Jetzt hör doch mal zu, es ist echt wichtig!" „Ich arbeite gerade an der Entwicklung einer neuen Software, ich kann jetzt nicht", erwidert er mit abwesender Miene. „Darum geht es ja", erkläre ich aufgeregt, „wenn du mir zuhören würdest, müsstest du gar keine neuen Programme mehr entwickeln. Ich meine ich weiß ja, dass es dir Spaß macht und so, aber letztendlich geht es ja darum, möglichst viel Geld zu verdienen. Und das könntest du mit meiner Idee." „Was ist es denn diesmal", fragt er leicht verächtlich, „hast du endlich ein Drehbuch geschrieben, aus dem sich ein richtiger Blockbuster machen lässt?" „Nein, mir ist etwas viel Besseres eingefallen." „Na dann lass mal hören." Vernehme ich da etwa Zweifel in seiner Stimme? „Also", fange ich an, „du bist ja so schlau, gell, kannst dir alles merken und so bzw. vergisst nichts, was du einmal gelesen hast. Vor allem die unwichtigen Sachen und die, die sonst keiner weiß. Ich habe mir überlegt, dass du doch bei einer dieser Quiz-Sendungen im Fernsehen mitmachen könntest, da kann man auf einen Schlag eine halbe oder sogar eine Million Euro gewinnen. Genial, oder?" Zweifelnd schaut er mich an und meint: „Und wenn ich das gar nicht will?" „Wieso solltest du das nicht wollen, es gibt echt keinen Haken an der Sache", versichere ich ihm, woraufhin er laut schnaubend antwortet: „*Du* musst dich ja nicht vor aller Welt blamieren, mach doch selber mit, wenn du so scharf drauf bist." „Würde ich ja", sage ich geknickt, „aber wie wir bereits herausgefunden haben, bist du, auch wenn es mir schwerfällt dies zuzugeben, halt doch schlauer als ich. Oder sagen wir mal so: Dein Speicher arbeitet einfach irgendwie besser. Das müssen wir noch ausnutzen!" „Indem ich mich vor der Kamera lächerlich mache?", will mein Freund wissen. „Jetzt stell dich doch nicht so an, du würdest dich doch nicht lächerlich machen. Vorausgesetzt natürlich, du gewinnst. Womit ich dir natürlich keinen Druck machen will…" Da ist sich mein Freund seinem Gesichtsausdruck nach nicht so sicher. Deshalb fahre ich fort: „Stell dir doch mal vor, was wir uns dann alles leisten könnten! Einen Luxusurlaub, ein süßes kleines Auto,…" „Ich habe bereits ein Auto", unterbricht mich mein Freund. „Ja, aber ich nicht", werfe ich ein. „Ach so ist das", ereifert sich mein Freund, „ich soll die Arbeit machen und mich vor Tausenden von Leuten zur Schau stellen und dir kommt dann der Gewinn zugute." „Natürlich nicht nur mir", erwidere ich leicht beleidigt. „Wenn ich z.B. ein Auto hätte, müsstest du mich nicht mehr so oft rumfahren. Da sparst du Zeit und Geld. Du hättest also auch etwas davon." „Wer sagt denn, dass ich den Gewinn mit dir teilen würde? Vielleicht behalte ich alles für mich." „Das glaube ich nicht, da kenn' ich dich viel zu gut. Außerdem könnten wir ja vorher noch schnell heiraten, dann steht mir eh die Hälfte zu." Oh, oh, das war wohl keine so gute Idee, wie ich der Mimik meines Freundes entnehmen kann, deshalb füge ich schnell hinzu: „Also ich würde dich natürlich nicht nur deswegen heiraten, das wäre jetzt nur ein Grund für eine vorgezogene Hochzeit." Ich glaube, mit dieser Aussage habe ich es noch schlimmer gemacht. Mit verdächtig ruhiger Stimme höre ich meinen Freund sagen: „Du liebst mich also gar nicht wirklich, es geht dir nur ums Geld." Mist, irgendwie läuft das jetzt in die völlig falsche Richtung. Mit aller Überzeugungskraft, zu derer ich fähig bin, erwidere ich, während ich seine Hand ergreife: „Natürlich nicht, ich habe dich schließlich auch schon geliebt, als du noch studiert hast und fast noch gar keinen eigenen Verdienst hattest." Wenig überzeugt sieht er mich an und so rede ich weiter: „Du weißt doch, dass ich dich liebe, egal was du machst oder wie viel Geld du hast. Ich meinte ja nur, dass es nicht schaden könnte, etwas mehr davon zu haben. Schließlich ist das doch *dein* Traum, mit deiner Software Millionen zu machen. Und da das ja noch ein paar Jahre dauern kann, dachte ich eben, wir beschleunigen den Prozess etwas." Diese Aussage beruhigt ihn offensichtlich ein wenig, deshalb fahre ich fort: „Dann könntest du mir auch mein Eselchen kaufen und müsstest nicht mehr so viel Blumengeld sparen." Die Theorie scheint ihn zu überzeugen. Mein Freund hatte mir nämlich früher immer regelmäßig Blumen mitgebracht, bis ich ihm dann eines Tages gestand, dass ich mir gar nichts aus Blumen mache. Daraufhin schlug ich ihm vor, immer dann, wenn er mir Blumen schenken will, das Geld, das er dafür ausgegeben hätte, in eine Spardose zu tun, deren Inhalt für den Kauf meines Eselchens bestimmt sein sollte. Die dazugehörige Spardose habe ich ihm zu Weihnachten geschenkt, damit er es auch nicht vergisst. Seitdem habe ich nur noch einmal Blumen bekommen. Auf meine Beschwerde hin erklärte er mir damals, dass er denselben Betrag, den er für die Blumen ausgegeben hatte, auch ins Sparschwein hineingetan habe, was mich wieder friedlich stimmte. Und friedlich sah auch er nun wieder aus. Gott sei Dank. Den letzten Satz jedoch hätte ich mir sparen sollen, denn aus lauter Übermut angesichts seiner Stimmungsaufhellung schlug ich vor: „Wir können uns ja dann auch gleich wieder scheiden lassen." Ich glaube, das mit dem Eselchen wird nichts.

Die traurige Realität der Fiktion

LIEBESROMANE sind etwas Wunderbares, finden Sie nicht auch? So beruhigend und entspannend. Ich habe in meinem Leben bestimmt schon an die 400 solcher Romane gelesen, mindestens. Und das in den verschiedensten Sprachen. Normalerweise lese ich 3-4 Bücher gleichzeitig, eines auf Englisch, eines auf Spanisch, eines auf Französisch und eventuell noch ein viertes auf Deutsch. Das Switchen von einer Sprache in die andere ist bestimmt gut fürs Gehirn, zumindest rede ich mir das immer ein. Außerdem habe ich so das Gefühl, etwas wirklich Sinnvolles zu tun und meine Freizeit gut zu nutzen, bilde ich mich doch quasi ganz nebenbei weiter. Genau so gerne mag ich Liebesfilme bzw. Liebeskomödien, worunter mein Freund regelmäßig zu leiden hat. Unzählige wunderbar anrührende bis langweilig seichte Filme dieser Art musste er sich schon mit mir anschauen. Das einzige Zugeständnis, welches ich manchmal mache, ist das Ansehen von amerikanischen (Liebes-)Komödien, die ich grundsätzlich, bis auf wenige Ausnahmen, nicht ausstehen kann, er als Halb-Amerikaner jedoch mag. Die sind so was von vorhersehbar! Ich meine gut, wer am Ende mit wem zusammenkommt und wie der Film endet, ist sowieso von Anfang an klar. Wie es jedoch dazu kommt und was die Figuren bis dahin für Abenteuer erleben, sollte durchaus originell sein. Im Gegensatz zu deutschsprachigen Filmen, meinen Favoriten, ist in amerikanischen Verfilmungen jedoch jede einzelne Szene vorhersehbar. Man hat das Gefühl, die Amis verfügten nur über ein eingeschränktes

Repertoire an Ideen, die sich so zwangsläufig immer und immer wieder wiederholen. Letztens war es sogar meinem Freund zu viel und während ich tapfer durchhielt, stöhnte er in regelmäßigen Abständen: „Oh mein Gott, das ist ja furchtbar, das halte ich nicht mehr aus, wie kann man nur einen Film mit dermaßen guten Schauspielern so ruinieren?" Ich stimmte ihm zwar zu, erfreut über seine Einsicht, was amerikanische Filme betrifft, doch war ich nicht in der Lage, einfach auszuschalten. Wenn ich erst mal einen Film angefangen habe, wird er auch zu Ende geschaut, koste es, was es wolle. Ganz selten nur hat mich ein Film dermaßen aufgeregt, dass ich mittendrin ausgeschaltet habe. Ich muss zugeben, dass mir dies sogar schon bei deutschen Filmen passiert ist. Meistens weil ich von ihnen über die Maßen gelangweilt war. Ja, ich muss es leider sagen: Das Niveau der deutschen Liebeskomödie sinkt. Natürlich nur deshalb, da sich Drehbuchautoren und Produzenten amerikanischen Maßstäben annähern. Oder Rosamunde Pilcher nachzuahmen versuchen. An sich schätze ich britische Filme sehr, doch bei Rosamunde hört der Spaß auf. Da gibt es wirklich nichts Neues: Man nehme eine enttäuschte, von ihrem Mann oder Freund betrogene junge Frau, die aus der Stadt auf das Landgut ihrer wohlhabenden Eltern oder Verwandten flüchtet oder wahlweise aufgrund einer Erbschaft dorthin zurückkehrt und dort überraschenderweise auf ihre Jugendliebe trifft, in die sie sich, wenn sie nicht sowieso noch Gefühle für sie hatte, erneut verliebt. Das Ganze endet dann – nach einigen Irrungen, Wirrungen und Intrigen – mit einer Hochzeit der beiden und einem Umzug der Frau aufs Land, wo sie zugleich noch ihren beruflichen

Mädchentraum, was auch immer dieser sei, verwirklichen kann. Das Gleiche gibt es auch à la suédoise, also in der schwedischen Version, diesmal von Inga Lindström. Wenigstens mal eine andere Landschaft als immer diese zerklüfteten englischen Küstengegenden mit ihren burgähnlichen Herrenhäusern. Ansonsten verläuft jedoch alles nach oben dargelegtem Plan. Entsetzt war ich, dass es sich bei dieser Frau gar nicht um eine Schwedin handelt, sondern sich hinter diesem Pseudonym eine deutsche Dramaturgin, Drehbuchautorin und Journalistin verbirgt. Und wieder einmal war es mein Freund, der mir diese Information zukommen ließ. Woher ein Mann sowas weiß, ist mir ein Rätsel.

Nach oben erwähntem und offensichtlich bewährtem Muster oder eben nach dem Vorbild amerikanischer Filme richtet sich leider mittlerweile die Mehrzahl der deutschen Liebesfilme. Und ich kenne sie alle: die ARD Mittwochs-Romanzen, das ZDF-Herzkino, die heimatfilmähnlichen Liebesdramen auf den anderen öffentlich-rechtlichen Sendern, bevorzugt besetzt mit Christine Neubauer, Francis Fulton-Smith oder Hardy Krüger Jr. sowie die dienstäglich ausgestrahlten FilmFilm-Liebeskomödien auf Sat.1. Deswegen wird es auch zunehmend schwieriger, einen mir noch nicht bekannten Film im Fernsehprogramm zu finden oder einen mit mir unbekannten Schauspielern. Letzten Samstag z.B. hatte ich die Wahl zwischen einer Krimikomödie auf ProSieben, einem Lilly Schönauer-Film namens *Liebe gut eingefädelt* auf SWR, einer Liebeskomödie mit dem Titel *Ein Mann zum Verlieben* auf WDR und einer Komödie mit dem Namen *Mensch Mama!* auf HR. Mit dieser Auswahl war ich dermaßen überfordert, dass ich mich letztlich für *Das Supertalent* entschieden habe. Natürlich nur, um darüber zu lästern, wie furchtbar diese Show ist. Ich hätte besser nicht erst nach Ende der Sendung zur ARD schalten sollen, wo das erste Halbfinale von *Der klügste Deutsche* lief, wobei ich sicher hätte mehr lernen können, als bei der Casting Show auf RTL. Wie Sie sehen, lebe ich ziemlich anachronistisch und bin wohl eine der Letzten, die überhaupt noch Fernsehen schaut, abgesehen natürlich von älteren Generationen, und sich nicht über NetFlix oder Amazon mit Filmen und Serien versorgt.

Diese Woche habe ich doch tatsächlich einen Film entdeckt, den ich noch nicht kannte, auch wenn die Schauspieler zu den üblichen Verdächtigen gehörten. Ich habe es auch wirklich geschafft, ihn meinem Freund schmackhaft zu machen. Ehrlich gesagt hatte er keine Wahl. Ich konnte ja nicht ahnen, was uns erwartete. Es war wirklich haarsträubend, so absurd und dermaßen vorhersehbar, dass mein Freund nach zwei Dritteln des Films verkündete: „Schatz, es tut mir leid, aber das halte ich nicht länger aus. Ich gehe jetzt." Ich war entsetzt: „Was, du kannst mich doch jetzt nicht einfach hier sitzen lassen, jetzt muss ich mich ganz alleine durch den Film quälen!" „Schalt halt aus", meinte er lapidar und stand auf. Einen kurzen Moment lang zog ich es tatsächlich in Erwägung, seinem Rat zu folgen, doch nachdem er gegangen war, blieb ich dann doch vor dem Fernseher sitzen, nur um alle paar Minuten auszurufen: „Das war ja klar", „Mein Gott wie schlecht" oder „Hoffentlich heiraten sie jetzt endlich und ich habe meine Ruhe!" Als die Szene mit dem Brautkleid kam, konnte ich nicht anders als meinem Freund folgende Nachricht zu schreiben: „Brautkleid passt wie angegossen." Wir hatten uns nämlich darüber lustig gemacht, dass der weiblichen Hauptdarstellerin das ca. 50 Jahre alte antike Brautkleid der Oma des Bräutigams bestimmt wie durch ein Wunder perfekt passen würde, was natürlich der Fall war. Auch dass die beiden zu Beginn des Films als Erzrivalinnen dargestellten Frauen am Ende beste Freundinnen würden, war uns klar. Als der Film ca. eine halbe Stunde später aus war, erhielt mein Freund eine weitere Mitteilung mit dem Inhalt: „Keine Hochzeit, aber alle sind glücklich (außer mir)." Ich musste das einfach loswerden, vielleicht kennen Sie das, wie frustrierend es sein kann, einen besonders guten oder eben einen besonders schlechten Film alleine anzusehen, ohne sich zwischendurch gemeinsam oder zumindest in Anwesenheit einer anderen Person darüber freuen bzw. – wie in diesem Fall – aufregen zu können. Alleine lästert es sich einfach nicht so gut. Ich bin nämlich so jemand, der während eines Filmes gerne den einen oder anderen Kommentar einwirft. Allerdings mache ich das nur in Szenen, in denen gerade nicht gesprochen wird oder wo nichts Spannendes passiert, und dann auch nur kurz. Und im Flüsterton. Ganz anders mein Freund, der sich oft genug lautstark und ausschweifend über Handlung oder Darsteller auslässt. Oder gar über Dinge, die mit dem Film überhaupt nichts zu tun haben, wie z.B. sein neuestes Softwareprojekt. Ich habe ihn schon mehrmals darauf hingewiesen, er möge mir diese Dinge doch bitte im Anschluss mitteilen oder zumindest in wesentlich niedrigerer Lautstärke. Vergeblich. An der richtigen Stelle und in der richtigen Lautstärke passende Kommentare zu machen, ist eine Kunst, die er wohl nie erlernen wird, was an seinem Geschlecht liegen könnte. Fakt ist, dass er sofort nach Erhalt besagter Nachricht bei mir anrief, um zu fragen, warum ich nicht glücklich sei. Etwas verwirrt antwortete ich: „Na, wegen des schlechten Films." Erleichtert sagte mein Freund: „Ach so, es geht um den Film." Was hatte der denn gedacht? Doch nicht etwa, dass ich seinen mir nicht gemachten Heiratsantrag ablehnen würde? Oder dass ich ob der Tatsache, dass er mir keinen Antrag gemacht hatte, unglücklich war? Wie dem auch sei, er schien jedenfalls wirklich erleichtert, dass sich meine Nachricht auf den Film bezog.

Nach diesem Erlebnis hatte ich erst mal die Nase voll von Liebesfilmen und versuchte es tags darauf mit einem Krimi. Das hätte ich besser nicht tun sollen, denn bereits während des Films war ich dermaßen angespannt, dass sich mir der Magen sowie sämtliche Muskeln zusammenzogen. In die Ecke des Sofas gekauert lugte ich hin und wieder vorsichtig zwischen meinen angezogenen Beinen hindurch auf den Bildschirm, um herauszufinden, ob die Gefahr vorüber war. Die meiste Zeit jedoch verfolgte ich die Handlung auf meinem sich seitlich des Fernsehers befindenden Spiegelschrank, wo der Bildschirm widergespiegelt wird. Ich weiß noch genau, was mein Freund zu dieser Taktik sagte, als wir das erste Mal zusammen einen Krimi sahen: „Was schaust du mich denn die ganze Zeit an?" „Ich schaue nicht dich an, sondern den auf den Spiegel übertragenen Film", erklärte ich ihm damals. „Und was soll das bringen?", wollte er erstaunt wissen. Ich erläuterte: „Dann ist das Geschehen irgendwie weiter weg und macht mir weniger Angst." Kopfschüttelnd akzeptierte er meine Erklärung, auch wenn sie ihm seinem Gesichtsausdruck nach ziemlich absurd vorkam. Doch diese Vorgehensweise wirkt, zumindest bis zu einem gewissen Grad, wie ich auch an jenem Abend feststellte. Allerdings war ich nach dem Ende des Krimis dermaßen aufgedreht, wohl durch den erhöhten Adrenalinspiegel, dass an Einschlafen nicht zu denken war. Also holte ich einen meiner fremdsprachigen, in der Bücherei ausgeliehenen Romane hervor. Enttäuscht musste ich feststellen, dass ich ja diesmal nur Krimis mitgenommen hatte, da ich keine Liebesromane mehr hatte finden können, die ich nicht schon gelesen hätte. Und ein Krimi ist immer noch besser als tiefgründige Literatur, hatte ich mir gedacht. Seufzend begann ich meine Lektüre und schon nach wenigen Seiten beschlich mich ein unangenehmes Gefühl ob der darin geschilderten Grausamkeiten. Tapfer hielt ich noch weitere zehn Seiten durch, bevor ich das Buch dann doch weglegte. Es war jedoch bereits zu spät, der Fernsehkrimi in Kombination mit dem Kriminalroman hatten meine Fantasie derart beflügelt, dass ich mir sicher war, diese Nacht nicht gut schlafen zu können. Ich hätte es wissen müssen, schließlich war das nicht das erste Mal, dass mir das passierte, und wie immer hatte ich mir auch beim letzten Mal geschworen, nie wieder etwas anzuschauen oder zu lesen, was mir Angst einjagen könnte. Ich kenne mich nun mal und weiß, wie empfindlich ich gegenüber dargestellter oder auch nur geschilderter Gewalt bin. Ich erinnere mich noch zu gut an ein Erlebnis aus der Schulzeit, als ich mir im Rahmen eines Experimentes des Psychologiekurses zusammen mit weiteren Probanden einen Horrorfilm auf Großleinwand anschauen musste. Wenn ich gewusst hätte, wie das ablaufen würde, hätte ich mich niemals darauf eingelassen. Es gab nämlich keine Möglichkeit, zwischendurch wegzuschauen oder gar sich hinter vorgehaltenen Händen oder angezogenen Knien zu verschanzen, da wir angewiesen wurden, das Geschehen auf der Leinwand genauestens zu verfolgen um zwischendurch sowie am Ende des Films Fragebögen über den Inhalt auszufüllen. Zudem wurde in regelmäßigen Abständen Blutdruck gemessen und die Herzfrequenz überprüft. Das diente wohl alles der sich anschließenden psychologischen Analyse. Was bei den Auswertungen herauskam, kann ich nicht sagen, da ich es kurz vor Schluss einfach nicht mehr aushielt und unter einem Vorwand den Raum verließ und diesen auch nicht wieder betrat. Leider hatten sich die grausigen Bilder jedoch bereits in meinem Gedächtnis festgesetzt und verfolgten mich wochenlang in Albträumen. Und nicht nur das, ich bemerkte, dass ich auch tagsüber viel schreckhafter war als zuvor. Beim Autofahren bekam ich regelmäßig leichte Panikanfälle, da ich das Gefühl hatte, jemand säße hinter mir im Auto und würde mich umbringen wollen, so wie es im Film geschehen war. Es war eine furchtbare Zeit und ich habe mir feierlich geschworen, niemals wieder einen solchen Film anzusehen, woran ich mich auch gehalten habe. Ich frage mich sowieso, weshalb sich jemand diese Art Filme ansieht, gibt es in der Welt nicht schon genug Schlechtes und Grausames, muss man sich auch noch in seiner Freizeit freiwillig damit beschäftigen? Am Ende kommt der eine oder andere noch auf dumme Gedanken und findet Anregungen beim Zuschauen. Da lobe ich mir doch meine Komödien und Liebesfilme, zu lachen hat man im wahren Leben eh zu wenig und an Liebe fehlt es auch oft genug. Mir geht es darum, mich beim Lesen und Filmeschauen zu entspannen. Um die Unterhaltung geht es mir. Ich kann einfach nicht verstehen, wie Menschen sich diese Grusel- und Horrorfilme mit Begeisterung und ohne sichtliche Nebenwirkungen anschauen können. Bin ich wirklich dermaßen sensibel? Anscheinend schon, denn offensichtlich bin ich ja nicht einmal in der Lage, mir einen simplen Krimi anzuschauen, ohne bleibende oder zumindest vorübergehende Schäden davonzutragen.

Dies stellte sich auch an jenem Abend wieder heraus, als ich mit einem mulmigen Gefühl zu Bett ging und mitten in der Nacht schweißgebadet erwachte, überzeugt, ein Mörder befinde sich im Haus. Mit klopfendem Herzen schlich ich mich zur Telefonstation vor meinem Zimmer, ergriff das Telefon, trug es zurück mit mir ins Bett und wählte die Nummer meines Freundes. Erschrocken ließ ich das Telefon fallen, als nach nur zweimaligem Klingeln seine Stimme am anderen Ende erklang. „Gott, hast du mich erschreckt, warst du etwa noch wach?", begrüßte ich ihn. „Erschreckt? Du hast doch mich angerufen. Und ja, ich bin noch wach. Es ist schließlich erst 1.30 Uhr und ich arbeite noch an unserem neuen Projekt." „Das ist aber nicht gesund, so spät ins Bett zu gehen", tadelte ich ihn. „Und überhaupt, nachts arbeiten… Außerdem ist es bereits 2.30 Uhr." „Erstens mal ist es 1.30 Uhr und zweitens bist du offensichtlich ja auch noch wach." „Es ist eindeutig 2.30 Uhr", wollte ich gerade zurückgeben, als mein Blick auf meinen Wecker viel. 1.30 Uhr, eindeutig. Seltsam, mein Receiver zeigte aber etwas anderes an. Da fiel mir ein, dass ich ihn ja noch gar nicht auf Winterzeit umgestellt hatte. Und das seit Wochen.

„Was wolltest du nun eigentlich?", hörte ich meinen Freund durchs Telefon fragen. Durch das überraschend schnelle Abnehmen des Telefons und die Sache mit der Uhrzeit war ich doch tatsächlich von meinem mir unmittelbar drohenden Tod durch Ermordung abgelenkt worden. Seltsamerweise hatte sich das Gefühl der Angst durch das kurze Gespräch mit meinem Freund bereits verflüchtigt und ich fühlte mich nicht länger in Gefahr. So antwortete ich denn auch meinem Freund: „Hat sich schon erledigt. Ich dachte, jemand wolle mich umbringen, aber ich glaube, ich habe mich getäuscht." „Hast du etwa wieder vor dem Schlafengehen einen Krimi geschaut? Du weißt doch, dass du das nicht sollst." „Ja, ich weiß, aber es kam sonst nichts Gescheites", sagte ich kleinlaut, und fügte hinzu: „Ich gehe dann mal wieder ins Bett, gute Nacht." So ganz waren die Eindrücke des Films wohl doch noch nicht verarbeitet, wie ich in der Früh nach einem weiteren Albtraum zitternd im Bett liegend feststellen musste. Erneut schnappte ich mir das Telefon und drückte auf Wahlwiederholung. Nach endlosem Klingeln hob mein Freund endlich ab. „Guten Morgen mein Schatz, geht es dir gut?", fragte ich besorgt. Er antwortete verschlafen: „Bis gerade eben schon." „Gott sei Dank, ich habe nämlich geträumt, man hätte dich verfolgt und wollte dich umbringen. Ich wollte mich nur versichern, dass du noch lebst." Am anderen Ende der Leitung hörte ich nur ein mürrisches Schnauben. „Und deshalb weckst du mich extra?" „Ich war nur um dein Wohlergehen besorgt. Sei froh, dass ich mich so gut um dich kümmere", gab ich leicht beleidigt zurück. „Aber wenn dich das nicht interessiert, lege ich eben auf." „Ist schon gut. Was ist denn passiert in deinem Traum?", wollte er wissen. Obwohl ich das Gefühl hatte, die Traumgeschehnisse interessierten ihn nicht im Mindesten, antwortete ich: „Also, im Traum habe ich einen Horrorfilm geschaut und davon habe ich dann wiederum im Traum einen Albtraum bekommen. Und fast hätte ich dich dann mitten in der Nacht angerufen. Natürlich nur im Traum." „Du *hast* mich mitten in der Nacht angerufen", erinnerte er mich. „Ja, ich weiß, aber in echt, nicht im Traum. Im Traum habe ich dich nicht angerufen, sondern bin, als ich kurz davor war, aufgewacht. Und dann habe ich dich angerufen." „Können wir das vielleicht später besprechen? Ich würde jetzt gerne weiterschlafen", hörte ich meinen Freund gähnend sagen. „Wie du meinst", entgegnete ich enttäuscht und legte auf. Den rufe ich so schnell nicht mehr an, soll er sich doch wieder melden. Das tat er allerdings nicht und so beschäftigte ich mich den Tag über mit anderen Dingen.

Als ich abends von einem Treffen mit einer Freundin zurückkam, musste ich mit Entsetzen feststellen, dass ich beim Verlassen des Hauses vergessen hatte, die Terrassentür abzusperren. Und wenn nun jemand ins Haus eingedrungen war? Wie konnte ich nur so leichtsinnig sein?! Ängstlich blickte ich mich um. Warum war ich auch allein? Wenn mein Freund jetzt da wäre… Mein Freund, das war die Lösung! Über sein Verhalten in der Früh am Telefon großzügig hinwegsehend (eigentlich hatte ich mir vorgenommen, ihn heute nicht mehr anzurufen, doch das hier war ja ein Notfall), rief ich ihn an. „Ich bin's", begrüßte ich ihn kurz darauf. „Das sehe ich", erwiderte er. Erst vor Kurzem hatte er meinen Namen durch den Wortlaut „Ich bin's" ausgetauscht, da ich mich immer mit diesen Worten melde. Immer wenn ich nun bei ihm anrufe, leuchtet der Satz „Ich bin's" auf. Noch während ich darüber nachdachte, meinte mein Freund: „Eigentlich sind ja alle *ich*, es könnte also jeder am Apparat sein." Entrüstet erwiderte ich: „Nee, nur ich bin ich." „Ja, ich weiß, du bist ich." „Nein, ich bin nicht du, ich bin ich", sagte ich aufgebracht. „Wie auch immer, du hast mich angerufen und bist jetzt am Telefon. Worum geht's denn?" Ich erläuterte ihm meine missliche Lage und bat ihn: „Ich gehe jetzt mal alle Zimmer durch und du bleibst solange am Telefon, okay? So fühle ich mich sicherer und wenn was sein sollte, kann ich es dir sofort mitteilen." Mit dem Telefon am Ohr ging ich also von Zimmer zu Zimmer und wagte mich sogar in den Keller, wobei ich meinen Freund die ganze Zeit vollquatschte, um mich abzulenken. Als ich auch das letzte Zimmer inspiziert hatte, seufzte ich erleichtert auf: „Nichts. Hier scheint außer mir niemand zu sein." „Dann kann ich ja jetzt weiterarbeiten", sagte mein Freund, woraufhin wir uns verabschiedeten.

Während ich es mir wenig später vor dem Fernseher gemütlich machte, klingelte mein Handy. Mein Freund war dran und wollte wissen, ob denn nach wie vor alles in Ordnung sei. Ich bejahte das und wir telefonierten noch eine Weile weiter, als es plötzlich an der Haustür läutete. Mir blieb fast das Herz stehen, wer klingelte denn so spät noch? Das konnte ja nur ein Einbrecher sein, der sich vergewissern wollte, ob auch niemand da sei. Im Flüsterton fragte ich meinen Freund: „Was soll ich denn jetzt machen? Ich traue mich nicht, ans Sprechgerät zu gehen. Wenn ich aber nicht drangehe, denkt er vielleicht, es sei niemand zu Hause." „Ich schlage vor, du gehst mal dran, könnte ja wichtig sein." „Aber du bleibst solange am Telefon", wies ich meinen Freund an. „Ja, ja, jetzt mach schon." Vorsichtig nahm ich den Hörer des Sprechgerätes ab und hielt ihn mir an mein freies Ohr. „Ja?", fragte ich zaghaft. „Na endlich, das wurde aber auch Zeit, ist nicht gerade warm draußen", hörte ich eine Stimme in Stereo sagen. „Bist du das etwa?", wollte ich verärgert wissen. „Wer denn sonst", erwiderte mein Freund, noch immer in Doppelton. „Bist du verrückt, mich so zu erschrecken? Ich hätte einen Herzinfarkt kriegen können!", warf ich ihm fast schreiend vor. „Psst, nicht so laut, da kommt gerade jemand mit seinem Hund vorbei, der hört dich noch. Außerdem: Freust du dich gar nicht, dass ich dich überrasche?" Anstatt einer Antwort sagte ich: „Passwort!" „Wie jetzt?" „Das heute gültige Passwort, sonst mache ich nicht auf", entgegnete ich. „Was für ein Passwort? Ich habe kein Passwort." „Tja, dann musst du wohl draußen bleiben", ließ ich mit Bedauern in der Stimme verlauten. „Das ist doch lächerlich, jetzt mach schon auf!" „Du bist doch Informatiker, da wirst du ja wohl in der Lage sein, ein simples Passwort zu knacken." Das schien seinen Ehrgeiz geweckt zu haben und er probierte es mit „Streichelzoo". „Nein, wie kommst du denn darauf?" „Wiener Schnitzel?" „Gar nicht schlecht, aber leider falsch. Noch ein Versuch", sagte ich. „Gizmo?" „Meeep, leider wieder nichts. Ich fürchte, das Spiel ist für dich aus." „Schatz, mach jetzt die Tür auf, ich bin hier nicht umsonst hergekommen!" „Richtig, Schatz wäre es gewesen. Allerdings in etwas liebevollerem Ton. Aber wir wollen mal nicht so sein", sagte ich und drückte den Türöffner.

Als mein Freund wenig später neben mir im Zimmer stand, machte er einen äußerst unglücklichen Eindruck. „Was ist denn los?", fragte ich ihn, „bist du etwa noch sauer wegen der Sache mit dem Passwort?" Kopfschüttelnd zeigte er in Richtung Fernsehbildschirm: „Da." Verständnislos blickte ich ihn an. „Ein Liebesfilm." „Ja, und?" „Ein *deutscher* Liebesfilm", fügte er hinzu. Als ich immer noch nicht reagierte, schaute er mich gequält an und sagte: „Ein deutscher Liebesfilm, den wir schon gesehen haben." Da erinnerte ich mich daran, dass ich ihm versprochen hatte, die nächsten Abende, die wir zusammen verbringen wollten, auf Liebesfilme zu verzichten. Zumindest auf deutsche. Und natürlich erst recht auf uns bereits bekannte. „Aber du willst doch nicht, dass ich wieder Albträume bekomme und dich dann mitten in der Nacht anrufe, oder?", fragte ich scheinheilig. „Nein, natürlich nicht, aber du willst bestimmt auch nicht, dass ich vor lauter Liebesfilm-Schauen bleibende Schäden davontrage." Hm, wollte ich das? „Ich habe eine Idee", verkündete ich nach einigen Minuten intensiven Nachdenkens. „Du liest in meinem englischen Krimi und ich schaue derweil den Film zu Ende." Der Vorschlag schien ihm nicht zu gefallen und er antwortete mürrisch: „So habe ich mir den Abend zu zweit nicht vorgestellt." „Wahlweise kann ich dir auch einige meiner neuesten Geschichten vorlesen", bot ich ihm an. „Ach nö, Krimi ist schon okay", antwortete er etwas zu rasch. Misstrauisch schaute ich ihn an. Mochte er meine Geschichten etwa nicht? Nein, beruhigte ich mich, das konnte nicht sein. Fröhlich meinte ich: „So kannst du dich schon mal daran gewöhnen, wie es ist, wenn wir verheiratet sind." Entsetzt ließ er das Buch fallen und schaute mich mit großen Augen an, die zu sagen schienen: „Wie, kein Sex mehr?" Ob er mir jetzt noch einen Antrag machen wird?

Wenn möglich, bitte wenden!

WAS heißt hier *Bitte wenden*?! Wo bitte schön soll ich denn auf einer Hauptverkehrsstraße wenden? Noch dazu in der Stoßzeit. Und wozu überhaupt? Das angestrebte Ziel liegt eindeutig in der Richtung, in die ich gerade fahre. Ich war schließlich schon mal dort. Bin nämlich auf dem Nachhauseweg. Das Ding will mich doch verarschen! Na warte, dir werd' ich's zeigen, ich lasse mich doch nicht von so einem kleinen Kasten herumkommandieren, wo kommen wir denn da hin! Das mit den Navigationsgeräten nimmt eh Ausmaße an... Gestern habe ich in einem Zeitungsartikel gelesen, dass eine 98jährige sich trotz Navis auf dem Weg in den Urlaub verfahren hat. Oder soll ich sagen wegen des Navis? Denn eigentlich kannte sie die Route, hatte sie ihren Urlaub in den letzten 40 Jahren doch immer am selben Ort verbracht und war bislang auch immer sicher ans Ziel gekommen. Ohne Navi. Ob die betagte Dame am Ende doch noch auf den rechten Weg kam und ihr Reiseziel erreichte, war dem Artikel nicht zu entnehmen. Bekannt war nur, dass ihre 80jährige Tochter leider verhindert war und sie nicht abholen konnte. Wie man sieht, sind die Dinger manchmal alles andere als nützlich und eher kontraproduktiv, ja gar gefährlich. Mein Ex-Freund, ein Spanier, hätte nämlich einmal mitten auf der Autobahn fast voll auf die Bremse gedrückt, weil ihn das Navi angewiesen hatte, rechts zu halten. Genauer gesagt hatte es Folgendes von sich gegeben: „Jetzt rechts halten." Damit war zwar gemeint, dass es ratsam wäre, die rechte Fahrspur zu nehmen, doch er kannte *halten* nur im Sinne von *anhalten*. Was es ja theoretisch auch hätte heißen können, wäre das Wort *halten* betont worden und nicht das Wort *rechts*. Doch so versiert war er zu dieser Zeit in der deutschen Sprache noch nicht. Wären wir damals mit dem Auto meiner Mutter gefahren, welches mit einem Navi von zweifelhafter Qualität ausgestattet ist (es handelt sich dabei um eines von den Exemplaren, die mein Vater bei einer größeren Bestellung von einem Büroversandhandel gratis dazu bekommen hat), so wäre er wahrscheinlich noch verwirrter gewesen, da dieses Navi alle seine Anweisungen als Fragen formuliert. Zumindest der Intonation nach. Man sitzt dann also im Auto und weiß an einer Gabelung nicht wohin und das Ding fragt einen: „Jetzt rechts abbiegen?" Woher soll ich als Fahrer das wissen, genau das herauszufinden ist ja die Aufgabe von so einem Gerät! Aber man kann sich mit dem Ding auch amüsieren. Lustig war nämlich vor ein paar Jahren die erste Fahrt mit dem neuen Auto meines Vaters, welches erstmals ein integriertes Navigationsgerät besaß, das auch auf Sprachbefehle reagierte, was wir jedoch nicht wussten. Als mein Vater, der den Wagen steuerte, in einer Kurve fast auf einen anderen Wagen auffuhr, da dieser ohne ersichtlichen Grund die Geschwindigkeit extrem gedrosselt hatte, schrie mein Vater aufgebracht: „Du Idiot!" Daraufhin erwiderte das Navigationsgerät in pikiertem Tonfall: „Wie bitte?" Verdutzt sahen wir uns an, bevor wir laut loslachten. Ich glaube, im ersten Moment fühlte sich mein Vater bei seinem Wutausbruch ertappt und bezog die Nachfrage auf sein Verhalten. Kurz darauf wiederholte sich der Vorfall und wieder musste er wegen des vor uns fahrenden Autos abrupt abbremsen. Empört rief er: „Jetzt fahr gefälligst mal schneller!" Daraufhin ertönte aus den Lautsprechern: „Dies ist kein gültiger Befehl." Wir konnten uns vor Lachen kaum mehr halten.

Oft genug haben wir aber wegen dem Ding nicht viel zu lachen, da es deswegen regelmäßig zu Streitereien zwischen meinen Eltern kommt. Der eine will den Anweisungen des Navis folgen (mein Vater), der andere verlässt sich lieber auf die Abbildungen im Straßenatlas (meine Mutter). Das Problem ist, dass die beiden nicht immer übereinstimmen, manchmal taucht im Atlas eine Straße auf, die im Navi nicht gespeichert ist, manchmal schlägt das Navi eine Route vor, die wiederum im Atlas nicht verzeichnet ist. Mir persönlich ist es ja egal, wonach wir uns richten, Hauptsache, wir kommen an. Und Straßenschilder gibt es ja auch noch. Was viele vergessen zu haben scheinen. Das ist wie mit den Handys: hatte man keins, brauchte man keins. Sobald man eines besaß, war es unentbehrlich. Wenn das so weitergeht verlieren wir noch völlig unseren angeborenen Orientierungssinn, falls überhaupt vorhanden. Schließlich geht es vielen so, wie der zuvor erwähnten alten Dame, dass sie die Strecke, die sie fahren wollen, eigentlich kennen, oft sogar sehr gut kennen, und sich dann doch vom Navigationsgerät dazu verführen lassen, eine andere Route einzuschlagen, die angeblich schneller, kürzer oder staufreier sein soll. Und dann finden sie sich plötzlich auf einem unwegsamen Waldpfad, einer Kuhweide oder gar in einem anderen Land wieder. Wir Deutschen sind einfach viel zu gehorsam, hinterfragen zu wenig und verlassen uns stattdessen lieber darauf, was andere, in diesem Fall das Navigationsgerät, uns sagen. Ohne Führung scheinen wir verloren. Vielleicht hat es auch mit unserer Technikgläubigkeit zu tun. Menschen können sich schließlich irren, Maschinen jedoch nicht.

Aber abgesehen von GPS gibt es ja heutzutage noch viel mehr schöne technische Spielereien in unseren Fahrzeugen. Besonders gut gefällt mir ja die Einparkhilfe, also diese Sensoren, die den Abstand des Autos zu einem sich davor oder dahinter befindenden Hindernis ermitteln und durch ein von langsam bis schnell reichendes Piepen auf die Gefahr eines bevorstehenden Zusammenstoßes hinweisen. Das ist schon ganz praktisch, und seitdem mein Freund ein neues Auto mit eben dieser Technik besitzt, kann er plötzlich auch viel besser einparken, was ihm sonst schon große Mühe bereitet hat. Noch idealer wäre für ihn diese automatische Einparksteuerung, bei der man nur einen Knopf betätigen muss und sich dann entspannt zurücklehnen kann, während das Auto die Koordinaten berechnet und zum perfekten Einparken ansetzt. Laut eigener Aussage wäre er dafür der beste Kunde. Das Auto meiner Schwester verfügt nicht über diese ausgeklügelte Technik, weder ein Piepen noch ein Bordcomputer helfen ihr beim Einparken. Sie hat es trotzdem sehr gut drauf. Ich erinnere mich an einen Abend, als sie, eine gemeinsame Freundin und ich zusammen ins Theater fuhren. Unsere Freundin fuhr. Da sie sich mit dem Einparken schwertut, war sie über das Vorhandensein einer Einparkhilfe am Auto ihrer Eltern sehr erleichtert. Trotzdem fuhr sie an einer Parklücke nach der anderen vorbei, da sie ihr alle zu klein erschienen. Auf unser Drängen hin hielt sie schließlich vor einer großzügigen Lücke an und betätigte den Rückwärtsgang, wobei sie fortwährend „Das schaffe ich doch nie, da komme ich doch niemals rein" von sich gab. Meine Schwester und ich ermutigten sie, so gut wir konnten. „Jetzt stell dich nicht so an, da kommt doch jeder Depp rein!", schimpfte meine Schwester, während ich meiner Freundin mit beruhigender Stimme riet: „Mach's einfach so, wie du es damals vor zehn Jahren in der Fahrschule gelernt hast." Während sie all ihren Mut zusammennahm und vorsichtig begann, das Auto zurückzusetzen, rollte meine Schwester nur mit den Augen. Beim ersten Auftönen der Einparkhilfe trat sie erschrocken auf die Bremse. Nur sehr langsam kamen wir vorwärts bzw. rückwärts. Als das Piepen sich steigerte, wurde meine Freundin zusehends nervös und traute sich nicht, noch näher an das hinter ihr stehende Auto heranzufahren. Auch meine zahlreichen Motivationsversuche konnten nichts ausrichten. Da wandte sich meine Schwester ihr mit befehlshaberischer Stimme zu und verkündete: „Wir fahren, bis es durchgehend piept!" Jetzt weiß ich auch, wieso sie schon das sechste Auto hat. Mit 37. Fünf hat sie schon auf dem Gewissen. Tatsächlich hat sie es geschafft, den fünf Vorgängermodellen einen Totalschaden zuzufügen, den Twingo meiner Mutter, den sie vor Jahren fast geschrottet hätte, mal nicht mitgerechnet. Laut ihrer eigenen Aussage war sie jedes Mal unschuldig, was ich mir bei ihrer rasanten Fahrweise nicht so ganz vorstellen kann. Aber im Zweifel für den Angeklagten. Glücklicherweise ist ihr dabei nie etwas passiert. Da es sich jedoch jedes Mal um denselben Autotyp handelte, einen Opel Corsa in verschiedenen Ausführungen, ist sie jetzt wild entschlossen, diese Opel-Unglücksserie zu durchbrechen, und zwar durch den Kauf eines Toyota Yaris. Aber nicht etwa des neuesten Modells, das entspricht nicht ganz ihrem Geschmack. Und schließlich kommt es beim Autokauf ja auf Äußerlichkeiten an, sprich Farbe und Form. Nicht zu vergessen die Anordnung der Scheinwerfer. Schön aussehen soll es schließlich und vom Typ her zu ihr passen. Um die Innenarchitektur kümmert sie sich dann selbst. Auf die Ablage hinten kommt eine riesige Rose, oder auch mehrere, vorzugsweise in silber oder gold, und am Innenspiegel baumeln federne Engelsflügel, die sie vor Unfällen bewahren sollen. Das hat zwar in der Vergangenheit nicht so ganz geklappt, doch zumindest haben sie ihre körperliche Unversehrtheit garantiert.

Nützlich für die Gewährleistung einer unfallfreien Fahrt wäre natürlich die regelmäßige Überprüfung und Wartung des Autos. Auf den Vorschlag meines Vaters hin, diese einmal wieder durchführen zu lassen, meinte meine Schwester nur: „Ich will doch gar nicht wissen, ob was kaputt ist, sonst kostet es ja am Ende noch was." Ja, die Prioritäten sind klar. Doch auch mein Vater legt größten Wert auf Geldeinsparungen und wechselt deshalb die Autoreifen seines Autos sowie des Autos meiner Mutter und auch meiner Schwester selbst. Kostet zwar viel Zeit und Mühe, doch wir wissen ja, um Geld zu sparen, müssen Opfer gebracht werden. Umso überraschter war ich, als mein Vater dieses Jahr verkündete, er würde sowohl sein Auto als auch das meiner Schwester zum Reifenwechsel in eine Autowerkstatt bringen. Was war nur los? Das Geheimnis lüftete sich schnell, als ich das Gutscheinheft entdeckte, in welchem der Gratis-Reifenwechsel an zwei Autos enthalten war.

Wie er an dieses Heft gekommen war, weiß ich nicht, doch freute ich mich darüber, dass er dieses Jahr etwas entlastet würde. Ich sage deswegen *etwas*, weil ja der Wechsel am Auto meiner Mutter trotzdem noch anstand. Mit ihrem Auto gab es dieses Jahr sowieso schon Ärger, da sie vor nicht allzu langer Zeit beim Ausweichen eines ihr entgegenkommenden Fahrzeugs ihren rechten Außenspiegel abgefahren hatte. Und natürlich den des am Straßenrand parkenden Autos, welches sie gerammt hatte. Das Lustige war, dass sie dies gar nicht bemerkt hatte. Als sie damals ein Krachen vernahm, drehte sie sich zu mir um und sagte mit vorwurfsvoller Stimme: „Was machst du denn?" „Ich nichts, aber du hast gerade ein Auto gerammt", war meine Antwort. Sie konnte es kaum glauben und es kostete mich viel Anstrengung, sie davor zu bewahren, in totale Hysterie zu verfallen.

Wo ich gerade von Hysterie rede: Auch mein Freund war vor Kurzem nahe daran, hysterisch zu werden, und zwar beim Wechseln der Reifen an seinem Auto. Dabei machte er dies gar nicht selbst, sondern überließ es dem Fachmann des Autohauses. Leider dauerte das Ganze ziemlich lange und zu allem Überfluss wurde ihm noch mitgeteilt, dass die Waschstraße, durch die er sein Auto hätte kostenlos fahren können, leider soeben ausgefallen war. Missmutig machte er sich also auf den Rückweg, welcher sich aufgrund von Baustellen und nur einspurig befahrbaren Straßen in die Länge zog. Als ob das alles nicht schon Grund genug für eine Nervenkrise wäre, zeigten die Bordinstrumente plötzlich auf halbem Weg einen Druckverlust an. Als er mir später davon berichtete, stellte ich mir das Ganze so vor wie im Flugzeug, wo es immer heißt: „Bei einem eventuellen Druckverlust *fallen automatisch Sauerstoffmasken aus der Kabinendecke. In diesem Fall ziehen Sie eine der Masken ganz zu sich heran und drücken Sie die Öffnung fest auf Mund und Nase." Da sich zwar jeder im Klaren darüber ist, wie man sich in einem solchen Fall im Flugzeug zu verhalten hat, jedoch keiner weiß, was bei einem Druckverlust im Auto zu tun ist, war mein Freund entsprechend* verunsichert, wendete und fuhr zum Autohaus zurück. Dort erfuhr er, dass man dem Auto mitteilen muss, dass man jetzt mit anderen Reifen fährt. Das heißt, es gilt irgendetwas umzustellen, wobei das eigentlich die Aufgabe der Automechaniker gewesen wäre, damit das Auto weiß, dass man ab jetzt mit Winterreifen fährt. Da sage noch mal einer, Technik erleichtere das Leben! Jetzt ist es schon so weit, dass man mit seinem Auto kommunizieren muss, und das, obwohl man dessen Sprache gar nicht spricht. Völlig entnervt kam denn auch mein Freund an jenem Tag bei mir an, nachdem er dieselben Baustellen abermals passiert hatte. Tröstend nahm ich ihn in den Arm und während er mir von seinem Horrortrip erzählte, malte ich mir aus, wie es denn wäre, so wie Aladin einen fliegenden Teppich zu besitzen. Das wäre nicht nur schneller und weniger nervenaufreibend, sondern auch kostengünstiger und extrem umweltfreundlich. Abgesehen davon, dass es sich auf so einem Teppich bestimmt ganz gemütlich sitzt oder liegt. Vielleicht könnte man das Ganze auch auf Sessel oder Sofas ausweiten. Es müsste dann natürlich schon so eine Art integrierten Kompass haben, damit man wenigstens weiß, in welche Himmelsrichtung man fliegt. Einen Kompass habe ich sogar noch, den hat mir mal mein Exfreund geschenkt, da ich immer vollkommen orientierungslos bin und ihm blind überallhin folgte. Aber da er Pilot war, habe ich ihm in dieser Hinsicht vertraut. Kartenlesen ist echt nicht mein Ding, auch wenn es heutzutage dank der digitalen Versionen wesentlich einfacher ist. Denn nicht nur das Lesen, auch das korrekte Zusammenfalten von Plänen in Papierform stellt mich meist vor eine unlösbare Aufgabe. Ich gehöre zu den typischen Falk-Faltplan-falsch-Faltern. Wenn ich es recht bedenke, wäre so ein Navigationsgerät für mich gar nicht schlecht. Allerdings hätte ich lieber eines mit sexy Männerstimme. Genau, ich beauftrage einfach meinen Freund damit, eines zu entwickeln. Schließlich ist er Softwareentwickler, da kann er so was bestimmt. Und dann bespricht er es mit seiner Stimme. Da hieße es dann z.B.: „Mein lieber Schatz, ich schlage vor, du wendest bei der nächsten Gelegenheit. Natürlich nur, wenn du es für sinnvoll erachtest." So gefällt mir das schon eher, so ist das eine gleichberechtigte Beziehung zwischen dem Navi und mir. Wäre ja noch schöner, wenn eine Maschine bestimmen würde, wohin die Reise geht!

Der Weihnachtsspaziergang

Es war an Weihnachten, besser gesagt am ersten Weihnachtsfeiertag, als mein Vater meine Mutter fragte: „Wann wollen wir denn heute spazierengehen?" „Heute?!", erwiderte sie entsetzt, „das meinst du doch nicht im Ernst, ich bin total im Stress! Erst muss ich die ganzen Geschenke verräumen und die Geschenkpapiere beseitigen und dann das Essen vorbereiten." „Heute ist Feiertag, da wird nicht gearbeitet." „Ach, du willst also nichts essen, oder meinst du, das Essen macht sich von allein?" Ein echtes Totschlagargument. „Ich dachte, das hättest du schon vor ein paar Tagen vorbereitet, da standst du doch schon stundenlang in der Küche und hast Spätzle gerieben", warf mein Vater vorsichtig ein. „Willst du die Spätzle etwa ohne Fleisch und Sauce essen?" „Nein, natürlich nicht. Aber dauert das den ganzen Tag?" „Es hilft mir ja keiner. Nächstes Jahr kannst gerne du das Essen machen, dann siehst du mal, wie viel Arbeit das ist. Überhaupt: Hast du mir schon jemals etwas gekocht?" „Ich hab' dir doch erst letztens einen Pfirsich geschnitten", meinte mein Vater daraufhin ganz stolz. „Einen Pfirsich geschnitten, das nennst du kochen? Außerdem: Wann soll das denn gewesen sein?", empörte sich meine Mutter. „Na im Urlaub, erinnerst du dich nicht? In Italien." „Das war im Sommer, jetzt ist Dezember", sagte meine Mutter mit vorwurfsvoller Stimme. „Ich kann dir ja nachher ein paar Walnüsse knacken", bot mein Vater an. „Schau lieber zu, dass du die Weihnachtspost abarbeitest." „Also wird das heute wirklich nichts mit dem Spaziergang?", versuchte es mein

Vater noch einmal, woraufhin meine Mutter genervt erklärte: „Ich habe dir doch gerade eben schon gesagt, dass ich keine Zeit habe!" Geknickt zog mein Vater von dannen. Am nächsten Tag, dem zweiten Weihnachtsfeiertag, fragte mein Vater nach dem Mittagessen frohen Mutes: „So, wann gehen wir denn nun los?" „Wohin denn los?", wollte meine Mutter verwirrt wissen. „Na, spazieren." „Ich fürchte, du musst heute alleine gehen, ich habe noch so viel zu tun…", entgegnete meine Mutter. „Wir waren doch schon gestern nicht, was hast du denn schon wieder so viel zu tun?" „Ich muss noch Wäsche waschen, bügeln und staubsaugen, und das alles, bevor wir heute Abend mit der Familie zum Essen gehen." „Dann machst du einen Teil davon eben morgen. Es ist so schönes Wetter, der perfekte Tag zum Spazierengehen", versuchte es mein Vater. „Morgen habe ich ja wieder so viel zu tun, da kann ich nichts verschieben. Und du willst ja schließlich in sauberen Klamotten rumlaufen. Geh du mal schön alleine", bekam er zur Antwort. Enttäuscht stand mein Vater vom Tisch auf und zog sich seinen Mantel an. Kurz bevor er zur Haustür hinausging, versicherte er sich noch einmal: „Du willst also wirklich nicht mit?" Worauf meine Mutter mit einem gestressten „Nein, ich habe keine Zeit. Wir können ja ein andermal zusammen gehen" reagierte. Während er die Tür hinter sich zuschlug, brummte mein Vater: „Ein andermal, morgen ist Weihnachten vorbei." Davon ließ sich meine Mutter jedoch nicht beirren und begann stattdessen, die Wäsche im Haus zusammenzusammeln.

Wenn ich mich recht erinnere, war sie schon früher nicht so erpicht darauf, spazierenzugehen, besonders nicht im Winter. Da musste mein armer Vater immer mit meiner Schwester und mir alleine losziehen, wobei wir beide meistens auch keine rechte Lust hatten. Da wir aber zur Belohnung bei unserer Rückkehr heißen Tee mit Lebkuchen bekamen, ließen wir uns überreden. Dass es keine gute Idee war, meinen Vater mit uns alleine gehen zu lassen, hätte meine Mutter eigentlich wissen müssen, schließlich wäre ich bei einem dieser Ausflüge einmal fast ertrunken, da mein Vater nicht richtig aufpasste. Aber das ist ja nun schon lange her. Zurück in die Gegenwart. Als mein Vater eineinhalb Stunden später zurückkehrte, schwärmte er meiner Mutter vor, wie herrlich es doch gewesen sei und wie viele Leute er getroffen habe. „Morgen musst du unbedingt mitkommen", schloss er seinen Bericht. „Ja, ja", sagte meine Mutter abwesend. Doch weder am nächsten Tag noch am Tag darauf gelang es ihm, meine Mutter aus dem Haus zu locken. Er versuchte es mit allen Mitteln, wies auf die gesundheitsfördernden Aspekte von körperlicher Bewegung an der frischen Luft hin, versuchte ihr den Spaziergang als eine Art Probepilgern zu verkaufen, für den Fall, dass sie einmal nach Santiago oder sonstwohin pilgern würden, erinnerte sie an ihr Versprechen, sobald sie Zeit habe, mit ihm loszuziehen, und setzte sie schließlich sogar unter Druck, indem er ihr drohte, sich eine andere Laufpartnerin zu suchen. Alles ohne Erfolg, meine Mutter weigerte sich standhaft.

Nachdem er sie daraufhin eine Weile lang in Ruhe gelassen hatte, fing er am Neujahrstag wieder an: „Ohne Spaziergang können wir doch das neue Jahr nicht beginnen, das wäre ein ganz schlechtes Zeichen. Und Zeit hast du heute ja wohl, es ist Feiertag." Diesmal jedoch war ihr das Wetter zu schlecht, immerhin war es ziemlich bewölkt und hätte jederzeit zu regnen oder gar zu schneien anfangen können. Missmutig machte sich mein Vater abermals alleine auf den Weg, um bei strahlendem Sonnenschein einige Zeit später zurückzukommen. Zur Strafe redete er an diesem Abend nicht mehr mit meiner Mutter. Und auch mit Aufforderungen zum Spazierengehen hielt er sich in den nächsten Tagen zurück. Bis Dreikönig, da konnte er sich nicht mehr zurückhalten und es platzte aus ihm heraus: „Das ist heute wirklich die letzte Gelegenheit, unseren Weihnachtsspaziergang nachzuholen. Morgen ist Weihnachten endgültig vorbei." Unbeeindruckt ließ meine Mutter verlauten, dass sie zumindest so lange warten müssten, bis die Sternsinger da gewesen waren. Darauf ließ mein Vater sich ein, überzeugt, dass diese wie jedes Jahr relativ früh am Nachmittag vorbeikommen würden. Nachdem sie jedoch um 15 Uhr immer noch nicht aufgetaucht waren, fing er an, ungeduldig vor dem Fenster auf und ab zu tigern und in regelmäßigen Abständen zu fragen: „Wann kommen die denn endlich?" Gegen Viertel vor vier war es schließlich soweit und die drei Könige samt erwachsener Begleitperson standen vor der Tür. Auf die Frage hin, ob sie etwas singen sollten, antwortete mein Vater ungeduldig: „Wenn es sein muss... Aber nur ein Lied. Ein kurzes." Irritiert stimmten die Sternsinger ihr Lied an, während meine Mutter ihn vorwurfsvoll ansah. Als einer der Könige im Anschluss unbeholfen versuchte, den Segen an die Türe zu schreiben, riss ihm mein Vater förmlich die Kreide aus der Hand und sagte: „Gib her, ich mach' das." Doch alle Eile war umsonst, denn nachdem die vier wieder abgezogen waren und mein Vater sich für den Spaziergang rüstete, fragte ihn meine Mutter ungläubig: „Du willst doch nicht etwa jetzt noch rausgehen?" „Natürlich", entgegnete er, „wieso denn nicht?" „Es ist doch schon viel zu spät, gleich wird es dunkel", war ihre Antwort. „Na und? Wo ist das Problem?" „Ich gehe doch nicht im Dunkeln spazieren", erwiderte sie. Man kommt nicht umhin sich zu fragen, ob sie nicht insgeheim hocherfreut über die Verspätung der Sternsinger war oder gar etwas mit ihrem späten Auftauchen zu tun hatte. Immerhin hatte sie so einen mehr oder weniger triftigen Grund, zu Hause zu bleiben. Mein Vater jedoch war stinksauer und rief wutentbrannt: „Das hätte ich mir ja denken können. Wäre ich bloß vorhin einfach ohne dich losgegangen. Tschüs."

Glücklicherweise hielt seine schlechte Stimmung nicht lange an und da er meine Mutter von dem Zeitpunkt an mit Vorschlägen eines gemeinsamen Spaziergangs verschonte, verlief die nächste Zeit friedlich. Der Januar ging in Februar über, dieser in März und schließlich war es April und damit Frühling. Der Streit wegen des Spazierengehens schien vergessen. Bis zum 24. April, dem Ostersonntag, als mein Vater es wagte, meine Mutter zu fragen: „Wann machen wir denn nun endlich unseren Weihnachtsspaziergang?" „Ich glaube, du hast dich in der Jahreszeit geirrt, es ist Ostern, nicht Weihnachten", war der Kommentar meiner Mutter. Immerhin konnte er sie überreden, die zehn Minuten zur Kirche zu laufen. Kurz vor dem Abmarsch entschied sich meine Mutter jedoch anders und meinte: „Lass uns doch das Auto nehmen, es windet so. Wie sehe ich denn da aus, bis wir ankommen. Ich kann doch nicht mit zerzausten Haaren in den Gottesdienst." Wo sie recht hat, hat sie recht. Meinem Vater leuchtete dies zwar keineswegs ein, doch ich als Frau habe vollstes Verständnis dafür. Also wieder nichts mit seinem Fußmarsch. Die nächste Gelegenheit bot sich erst viel später, im November, genauer gesagt an Allerheiligen. „Zum Friedhof gehen wir aber schon zu Fuß." Hierbei handelte es sich eher um eine Aussage als eine Frage von Seiten meines Vaters. Und wissen Sie, was meine Mutter ihm geantwortet hat? „Das geht nicht, ich habe gerade zwei Tassen Tee getrunken, da muss ich unterwegs bestimmt aufs Klo." Fassungslos starrte mein Vater sie an und holte kurz darauf wortlos und völlig desillusioniert das Auto aus der Garage, welches er mit leerem Blick Richtung Friedhof steuerte. Ob er dort Gott um mehr Überzeugungskraft oder einen Sinneswandel meiner Mutter anflehte, weiß ich nicht. Doch die Hoffnung stirbt ja bekanntlich zuletzt und bald ist ja auch wieder Weihnachten.

© 2017 Verena van Aaken

Covergestaltung: Christine & Julika Neuerburg

Satz und Layout: Fernando Juárez Sánchez

Herstellung und Verlag:
BoD – Books on Demand, Norderstedt

ISBN: 9783842371910